밤의 약국

김희선

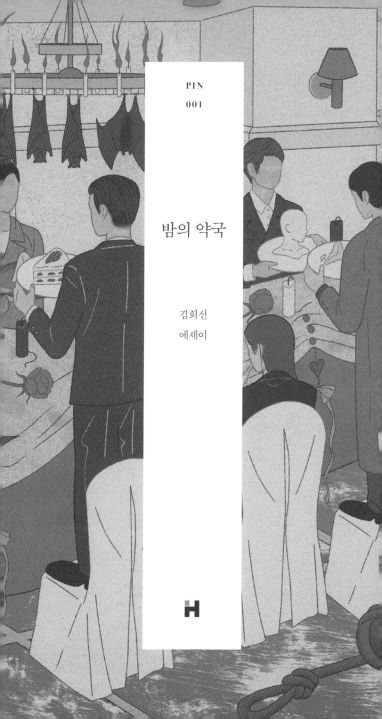

PIN
001

밤의 약국

김희선
에세이

내가 땅 위에 서 있음을 깨닫게 해준

까꿍이, 마토, 칸토에게

차례

밤의 약국

끊임없이 되풀이되는 불가능한 작별 인사

내 영혼의 나무 세 그루

즐거워지는 법, 혹은
잘 말린 호프로 속을 채운 베개에 관하여

어디까지 이어지는 걸까,
우리의 이야기는

에필로그

이야기를 시작하며, 혹은 연금술에 관하여

한때 나는 연금술에 관한 한 거의 전문가급의 해박한 지식을 지니고 있었다. 어릴 때부터 마법, 외계인, 4차원 등 온갖 기이한 현상에 자주 매료되긴 했지만, 그와는 좀 다른 이유로 연금술의 전문가가 되고 만 것이다.

때는 대학교 1학년 3월. 약대에 입학한 후 처음 들은 수업은 '약화학'이었다. 이름만 약화학일 뿐 그저 일반화학 비슷한 과목이었는데, 고등학교 때 배운 것보다 조금 높은 수준의 기초 지식을 다시 복습하는 정도였다고 할까. 약학과에서는 생물학, 물리학, 해부학, 임상병리학, 수학 등등을 모두 배우지만, 뭐니 뭐니 해도 약학의 기본은 화학이라 할 수 있다. 약대를 가려는 사람은 대부분 고등학교에서 화학과 생물(요새는 생명과학이라고 하지만 그땐 그냥 '생물'이었다)을 선택했는데, 그 탓에 입학하고 보니 과 전체에서 화학 대신 물리를 공부하고 들어온 사람은 나까지 단 세 명뿐이었다.

화학에 문외한이나 마찬가지였던 나는, 오래전 대학에서 화학을 전공했던 아버지의 조언에 따라(슬프게도 그 조언은 나중에 틀린 것으로 밝혀졌지만) 원소주기율표만 외운 채로 첫 수업에 임했다(이것 역시 나중에 안 거지만, 아무리 고등학교 때 화학을 선택했더라도 주기율표를 외우는 사람은 아무도 없었다. 그렇지만 아버지는 지금까지도 화학의 기본은 원소주기율표라고 주장하고 계시긴 하다). 그렇게 잘 알지도 못하는 수업을 꾸역꾸역 들으며 나는 점차 중간시험이 다가오고 있음을 느꼈다.

　　얼마 후 시험 범위가 나오고 공부를 시작했다. 그런데 화학은 생각보다 훨씬 재미없고 우울하고 단순하고 지루한 과목이었다. 게다가 내 고질병이나 마찬가지인 쓸데없는 호기심마저 도지고 말았다. 결국, 난 첫 단원 '화학의 역사'의 첫 번째 챕터인 '연금술과 화학'만 공부하다 시간을 다 보내버렸다. 학교 도서관 5층에 틀어박혀 연금술에 관한 모든 책을 찾아 읽으며 열심히 메모했고 연금술사들의 계통도까지 그려가며 연금술법에 대해 숙지했으니 말이다. 마음속으로는 '이러면 안 돼. 얼른 다음 장을 공부해야 해'라고 중얼거렸지만, 방대하고 흥미진진한 연금술의 세계에서 헤어나기는 불가능했다. 정신을 차렸을 땐 어느덧 시험 당일이었고, 화학책의 나머지 부분은 전혀 모르는 채 시험지를 받아들었다. 뭐, 당연한 일이겠지만 연금술 문제는 단 하나도 나오지 않았고, 난 대학에 들어가서 본 첫 시험을 보기 좋게 망쳐 버렸다.

처음엔 별다른 아쉬움도 없었다. 그때까지만 해도 어서 이 재미없는 약학을 그만두고 다시 시험을 봐서 기계공학과나 천문학과를 가야지, 생각하고 있었기에 성적에는 신경을 쓰지 않았다. 그러나 막상 과사무실 앞 게시판에 붙은 성적표를 보는 순간, 내 다리는 얼어붙었고 나는 두 눈을 의심하며 손으로 비벼보기까지 했다. (요즘은 그러지 않겠지만 당시 우리 과는 그런 식으로 모두의 성적을 공개했는데) 내가 약화학 중간시험에서 꼴찌를 했던 것이다. 세상에 태어나서 꼴찌를 해본 것은 달리기 빼곤 그때가 처음이었고, 그리고 아마도 마지막이었을 거다.

나는 조용히 복도를 빠져나와 학교 건물 뒤쪽 어두컴컴한 구석으로 걸어갔다. 왠지 약화학 꼴찌에게는 그런 어두운 그늘이 어울릴 것만 같았다. 응달에 있는 낡고 오래된 벤치에 앉아 심각하면서도 슬프고 약간은 지친 표정으로 먼 산을 바라보았다. 아니, 정확히는 건너편 건물을 보았다. 아, 세상으로부터 소외된 기분이 이런 거구나, 따위의 감상에 젖어 꽤 오래 멍하니 앉아 있었는데, 그런 내가 어찌나 불쌍해 보였던지 지나가던 선배들이 다가와 무슨 일이냐고 물을 정도였다.

그때 그 이끼로 뒤덮인 응달에서 난 이렇게 한탄했던 것 같다. 이런 제길, 거대한 천체망원경으로 몇십 억 광년 떨어진 별을 봐야 할 내가, 고배율 현미경으로 세균 수나 세고 있다니. 뭔가 이상해. 앞뒤가 안 맞는다고. 그래, 관두자, 당장. 이 지겨운 벽돌 건물과 재미도 없는 화학책과는 영원히 안녕인 거야.

그런데 무슨 연유로 나는 약대를 계속 다녔던 것일까? 천문학이나 기계공학에 대한 열망이 자퇴신청서에 이름을 쓸 만큼 높고 크지 않았던 걸까? 어쩌면 천문학은 그저 별만 보는 것이 아니며 기계공학을 공부한다 한들 곧바로 로보캅을 만들 수도 없다는 사실을 차차 깨달았는지도 모른다. 혹은 그저 한 번 더 공부해서 시험을 봐야 한다는 게 영 내키지 않았던 걸지도.

하지만 지금은 약학을 공부한 것이 인생에서 가장 잘한 결정 중 하나라 여기고 있다. 아픈 사람에게 약을 주는 일은, 내가 할 수 있었던 모든 일 중에서 최고로 좋은 일이니까.

예전에 어디선가 읽었는데, 어떤 것을 떠올리기만 해도 뇌세포에 새로운 화학 반응이 일어나고 그에 관한 기억은 재배치된다고 한다. 예를 들자면, 우리가 "연금술"이라고 말할 때 그것은 신경세포의 돌기 어딘가를 자극하고 그 자극은 뇌 속에서 일파만파 파도를 일으키며 과거와 현재, 심지어는 미래까지 출렁이게 만드는 것이다 ('연금술'만이 아니라, 입 밖으로 내는 모든 단어가 그런

작용을 한다. 안 믿어진다면 한번 시험해보시길).

그러므로 원래 하려던 말은 이거였다. '글의 시작→ 시작→기원→화학의 기원→연금술.' 이런 식으로 흘러간 의식의 뭔가가 뇌의 가장 깊은 곳을 흔들었고, 거기서 과거-현재-미래를 넘나드는 수많은 이야기가 떠올랐다는 것. 이제 그것을 풀어놓을 시간이다.

역장에게 보내는 송가

역장에게 보내는 송가

예전에 원주역에는 꿩이 살았다. 그는 '꿩빈 역장'이라는 직함을 가지고 있었는데, 그래선지 머리엔 작은 역장 모자 같은 걸 쓴 채 우리 안 횃대에 앉아 있곤 했다(그런데 이 글을 쓰며 생각해보니 정말로 그 꿩은 역장 모자를 쓰고 있던 걸까? 혹시 나는 그 옆에 붙어 있던 꿩빈 역장에 대한 안내문을 읽으며 상상 속에서 모자를 쓴 꿩을 만들어냈던 건 아닐까? 하지만 지금도 눈을 감으면, 단정하게 모자를 쓰고 횃대에 의젓이 앉아 있는 꿩빈 역장의 모습이 생생히 떠오른다. 화려한 목덜미와 쭉 뻗은 꼬리, "꿔엉ー" 하고 길게 우는 울음소리까지).

역장의 이름이 '꿩빈'인 것은, 아마도 '빈'이라는 음을 가진 한자 중 '꿩'을 뜻하는 글자가 있기 때문이었으리라. 그러나 나는 아직도 '꿩빈'이라는 글자를 알지 못하며, 혹여 전에 알았다 해도 결국엔 기억하지 못했을 게 틀림없다.

원주역에 엄연히 진짜 역장이 있음에도 불구하고, 널

찍한(그러나 어딘지 모르게 횅뎅그렁한) 철망 우리 안에 사는 꿩이 '역장'이라는 직함을 가졌던 이유는 단순하다. 치악산에 전해오는 전설 속 동물이 꿩이었기 때문이다. 뱀에게 잡아먹힐 뻔한 선비를 목숨 걸고 구해줬다는 의리 있는 새. 덕분에 꿩빈 역장의 우리 곁으로는 치악산의 명물 꿩을 소개하는 게시물이 걸려 있었고, 사람들은 기차를 기다리거나 내리다가 괜히 그 앞을 서성였다. 그들은 웬지 도도해 보이는 역장을 가만히 바라봤고, 개중엔 "이리 와 보렴!"이라고 말을 걸거나 과자 부스러기를 던져주는 이들도 있었다. 물론 그러거나 말거나 꿩빈 역장은 별다른 관심을 보이지 않았지만 말이다. 원주역에 갈 때마다 역장은 그저 횃대에 앉은 채ㅡ혹은 바닥에 서서ㅡ꿈꾸는 듯한 눈초리로 먼 하늘을 보거나 졸고 있을 따름이었다.

역이 옮겨간 걸 알게 된 것은 얼마 전이다. 어느 저녁, 오랜만에 구도심을 지나는데, 원주역 일대가 불빛 하나 없이 컴컴했다. 역사는 깊은 어둠에 묻혀 아예 보이지 않았고, 그 앞 작은 광장은 인적 하나 없이 을씨년스러웠다.

"어떻게 된 일이지?"

스마트폰을 열고 검색한 뒤에야, 나는 원주역이 시 외곽 새로 개발된 택지로 이전했음을 알게 됐다. 한동안 서울에 갈 때면 고속버스를 이용했는데, 그 사이에 구시가지의 오래된 역사는 폐쇄되고 철로는 아예 방향을 틀어버린 것이다. 사실대로 말하면, 그때까지만 해도 꿩의 행방이 궁금하지는 않았다. 그냥 집에 와서도 한참 동안 어둡고 쓸쓸한 역과 광장을 생각했고, 더는 기차가 다니지 않게 된 철로를 머릿속으로 그려봤을 뿐이다.

꿩빈 역장을 다시 떠올린 건 지난 주말이었다. 동생을 마중하러 새로 지은 역을 찾은 나는, 대합실 안 이곳저곳을 구경하며 걸어 다녔다. 그러다가 벽 한쪽에 붙어 있는, 원주의 관광명소를 소개하는 포스터에 눈이 갔다. "치악산에는 은혜를 갚은 꿩의 전설이 전해지고 있습니다." 단풍이 든 치악산 사진 아래 적힌 문구를 보는데, 문득 작은 모자를 쓴 채 무심한 눈초리로 밖을 내다보던 꿩 한 마리가 떠올랐다.

'혹시 여기 어딘가에 꿩빈 역장이 있지 않을까?'

동생이 탄 기차가 도착하려면 아직 시간이 남았기에, 난 밖으로 나와 새 건물을 한 바퀴 빙 둘러보았다. 하지만 꿩이 사는 우리 같은 건 어디에도 없었고, 하다못해 바닥에 깃털 한 장 떨어져 있지 않았다.

만약 역무원 중 아무에게라도 "죄송하지만, 전에 살던 꿩빈 역장은 어디로 갔나요?"라고 물었다면, 누군가 대답해줬을까?

집으로 오면서 역장이 어디로 갔을지 궁리해보았다. 그는 동물원으로 갔을까? 그러나 원주엔 동물원이 없다. 꿩 농장에 가서 다른 꿩들과 어울려 지내고 있을까? 그나마 그건 괜찮은 말로다. 가장 슬픈 건, 꿩이 어딘가 식당으로 팔려갔을 가능성이다. 얼마나 맛이 있는가를 떠나서, 예로부터 꿩은 약용으로 많이 쓰인 새다. 중국의 의서 『본초강목』이나 허준이 쓴 『동의보감』에도 꿩은 보중익기補中益氣한다, 즉 위를 보호하고 허한 기운을 더해준다고 적혀 있지 않던가. 하지만 암만 그렇다 해도, '역장탕湯'이라니. 그 기묘하고도 모순된 상상에 나는 고개를 저었다. 그동안 수고했다고 감사패를 받지는 못할망정, 꿩빈 역장이 국이나 조림, 만두로 끝난다는 건 있을 수 없는 일이었다.

그렇다면 이건 어떨까. 그러니까 꿩은 그저 역장 일이 싫어진 거다. 아침부터 일찍 일어나 모자를 쓰고 앉아서 오가는 여행객들에게 눈인사나 건네는 지루하고 재미없는 일상. 거기서 벗어나기 위해, 그는 낡은 철망 우리 안에서 조용히 꿈꾸며 차분히 준비하지 않았을까. 기회를 엿보며, 마치 아무 일도 없다는 듯 태연한 표정으로. 그러던 어느 날 역무원이 밥그릇에 모이와 물을 채워주기 위해 들어왔을 때, 재빨리, 결연하게, 뒤도 돌아보지 않고 우리 밖으로 나가 하늘 높이 날아올랐던 건 아닐까.

"꿔엉—" 하는 긴 울음을 남기며.

역무원은 늙은 꿩이 사라져간 하늘을 오래도록 쳐다보다 마침내 빙긋 웃겠지. 왜냐하면 바닥엔 그가 남기고 간 사직서, 그러니까 길고 아름다운 꼬리 깃털 하나가 떨어져 있을 테니까.

아무도 버섯을 묻지 않았다

'우후죽순'은 잘 모르지만 '우후버섯'에 대해서는 잘 안다고 자부한다. 비가 온 후 집 뒤에 있는 산이나 공원엘 가면 사방에 버섯이 돋아 있기 때문이다. 엊그제도 강아지와 산책을 나갔다가 공원 잔디밭에 가득한 버섯을 보았다. 연노란색 갓을 펼치고 싱싱하게 자라난 버섯들은, 얼핏 보기엔 꽤나 먹음직스러워 보였다. 먹으면 안 된다는 것쯤은 알고 있었지만, 그래도 버섯을 따서 집에 가져왔다. 특별한 이유가 있어서는 아니었다. 그저 버섯을 볼 때마다 따고 싶다는 충동을 느끼는 탓이라고 할까. 가져온 버섯을 신문지 위에 조심스레 놓아두고, 책꽂이에서 『독버섯 도감』을 꺼냈다. 찾아보니 그것은 '갈황색미치광이버섯'이라는 독버섯이었다.

버섯이 나오는 가장 인상 깊은 이야기 두 편이 있다. 하나는 『천재 유교수의 생활』이라는 만화인데, 거기 등장하는 고등학교 화학 선생님은 몇 달간 빨지 않고 쌓아둔 빨래 더미에 자라난 버섯을 따 먹고 환각 상태에 빠진다. 이 만화를 읽은 건 10여 년도 더 전의 일이지만, 지저분하고 축축한 빨랫감에 잔뜩 돋아난 버섯의 기괴한 모습이 여전히 기억에 생생하다. 게다가 그걸 따서 먹은 뒤 환각을 보다니! 쌓아둔 빨래에 실제로 버섯이 자라는 게 가능할까? 한동안 이런 의문을 가진 채 지냈지만 직접 실험해 볼 용기는 나지 않았다. 그러다가 어떤 기사를 보았는데, 새로 지은 아파트 곳곳에 습기가 차고 심지어는 버섯이 자란다는 내용이었다. 기사에 첨부된 사진 속 아파트 문설주엔 버섯이 빼곡했다. 그걸 보니 몇 달 동안 쌓아둔 빨랫감에서 버섯이 자라는 일도 불가능하진 않겠구나, 라는 생각이 들었다.

버섯이 나오는 두 번째로 인상 깊은 이야기는 러시아 작가 빅토르 펠레빈의 소설 『P세대』의 한 장면이다. 소련이 붕괴한 직후의 모스크바가 배경인 이 소설에서 주인공인 타타르스키는 길가에 돋아난 광대버섯을 마구 따 먹으며 광고 문구를 작성한다. 버섯에 든 환각 성분으로 눈앞엔 환상이 보이고 머릿속에선 영감이 미친 듯이 솟구치는 거다. 읽으면서 이런 의문이 생겼다. 정말로 광대버섯을 따서 바로 먹을 수 있을까, 흙은 털고 입에 넣으려나 따위의 사소한 궁금증들. 『독버섯 도감』에는 이 의문에 대한 해답도 나와 있었다. 버섯의 주요 성분이 아미노산이기 때문에 날것으로 먹으면 고기를 씹는 맛이 난다는 것이다. 그래서 개나 고양이가 산책을 하다가 독버섯 냄새를 맡고 덥석 먹어버리는 경우가 있으니 주의해야 한다고도 적혀 있었다. 그렇다면 타타르스키가 시골길을 뛰어다니며 광대버섯을 한 움큼씩 뜯어 먹은 것도 이해 못 할 바는 아니다. 아마 실로시빈(광대버섯 등에 들어 있는 환각 성분이다)에 취해서 뿌리에 묻은 흙쯤은 신경도 안 썼겠지.

그러고 보면 어릴 땐 신문에 독버섯을 먹은 사람들의 소식이 자주 실렸다. 주로 가을에 자주 봤던 것 같은데, 산에서 따 온 버섯으로 찌개나 국을 끓여 먹은 일가족이 중태에 빠졌다는 내용이었다. 그런데 이 역시 『독버섯 도감』을 보면 알 수 있는 사실이지만, 대부분의 독버섯들은 식용버섯처럼 착하게 생겼다. 그러니까 우리가 대표적인 독버섯으로 알고 있는 마귀광대버섯같이 새빨간 갓에 하얀 반점이 숭숭 박혀 있는 흉측한 모습이 아니라는 거다. 엊그제 잔디밭에서 따 왔던 갈황색미치광이버섯도 그렇고 타타르스키가 뜯어 먹었던 광대버섯도 그러하다. 다행히 요즘엔 그런 소식이 거의 없다. 아마도 그만큼 독버섯에 대해 홍보가 잘 되어 있는 걸까. 아니면 나처럼 집에 다들 『독버섯 도감』을 한 권씩 가지고 있는 걸까. 그래서 산이나 들에서 의문의 버섯을 발견하면 그 책을 펼친 뒤 화려한 사진들을 하나씩 넘겨 보며 버섯의 종류와 이름을 정확히 알아내는 것일까.

들은 얘기지만, 프랑스에서는 약사가 되는 과정을 공

부할 때 '버섯분류학'을 배운다고 한다. 시골엔 병원이 없는 곳도 많고, 어느 정도 아플 땐 사람들이 병원 대신 약국에 와서 여러 가지 상담도 하고 약도 처방받는다는데, 아마 의약분업 전의 우리나라 약국 같은 분위기인 걸까. 하여간 프랑스에서 약사는 일종의 만물박사 같은 사람이고, 그렇기에 산에서 버섯을 캐면 약국에 가져와 물어본다는 것이다. "이게 독버섯일까요, 식용버섯일까요?"라고.

전에 운영했던 약국은 시내에 있었지만, 인근 횡성, 평창 등지에서 오일장을 보러 오는 이들이 내리는 버스 정류장에서 가까웠다. 약국을 인수하고 처음 문을 여는 날, 나는 조제실 옆 책장에 『독버섯 도감』을 갖다 놓았다. 혹시나 하는 마음에서였는데, 다행인지 불행인지 아무도 버섯을 물으러 오지 않았다. 대신 그들은 다른 것들을 물었다. 왜 다리 아픈 게 낫지 않는지, 왜 혈압약을 평생 먹어야 하는지, 당뇨약 대신 돼지감자를 먹으면 안 되는 건지. 때론 꽃무늬가 화려한 블라우스 두 벌을 갖고 와서 어떤 게 더 예쁜지 묻는 할머니도 있었다. 나는 그럴 때 절대 둘 다 예쁘다고 하지 않았다. 그중 하나를 골라서 가리키며 "이게 훨씬 잘 어울리네요"라고 했다. 그러면 할머니는 고개를 끄덕이며 환하게 웃었다. 자기도 그렇게 생각한다며.

겸손한 아욱

가을이 오면 아욱이 떠오르는 것은 아마도 엄마 덕분일 거다. 어릴 때 엄마는 가을에 자주 아욱국을 끓였고 이렇게 말씀하셨다. "가을에 아욱국을 먹으면 둘이 먹다 하나가 죽어도 모른대"라고. 정작 나는 아욱국을 좋아하지 않았다. 아욱의 미끌미끌한 느낌이 입속에 맴돌았고 씹으면 푸른색 흙 맛이 나는 듯했다. 그래서 둘이 먹다가 하나가 죽어도 모른다는 말의 의미가 무엇일지 곰곰 생각하곤 했다. '어쩌면 너무 맛이 없어서 상대방이 죽어도 모른다는 뜻일까?' 아무래도 그렇게 결론을 내리는 편이 더 어울릴 것 같았다.

나중에 좀 더 자라서야 그게 맛있는 음식에 쓰는 표현이라는 걸 알았다. 그리고 아욱에 대한 다른 속담들도 알게 되었다. "가을 아욱국은 사립문을 걸어 잠그고 먹는다." 혹은 "가을 아욱국은 막내 사위에게만 준다." (내가 정확히 기억하고 있는지는 알 수 없다. 그러니까 가을 아욱국을 몰래 퍼주는 대상이 막냇사위인지 맏사위인지,

아니면 또 다른 제3의 인물인지 확신할 수 없다는 뜻이다. 물론 찾아보면 될 터이지만 그냥 떠오르는 대로 쓰련다.)

아욱을 좀 다른 눈으로 보게 된 것은 한나라 때의 악부시樂府詩인 『십오종군정十五從軍征』(해석하면 '열다섯 살에 전쟁터에 나가서'이다)을 읽은 후부터였다. 『십오종군정』 얘길 하기 전에 먼저 악부시에 대해 잠깐 설명해야 할지도 모른다. 들은 바로는, 한나라엔 음악을 담당하는 기관인 '악부'가 있었다고 한다. 거기서 악공들이 악기를 연주했는데 그럴 때 주로 세상에 떠도는 노래를 수집하여 불렀다는 것이다. 그렇게 모은 노래와 시를 악부시라 하여 지금까지 전해오고 있다나.

어쨌든 『십오종군정』에서, 열다섯 살에 전쟁터에 끌려간 화자는 여든이 되어서야 고향에 돌아온다. 등이 굽고 머리가 하얗게 센 그가 마을 초입에서 만난 누군가에게 묻는다. "지금 우리 집엔 누가 살고 있소?"라고. 그러자 길 가던 이는 멀리 보이는 폐허를 가리키며 말한다. "저기가 그 집터라오." 그곳엔 들풀과 잡곡이 우거졌고 토끼와 꿩이 살고 있다. 화자는 마당에 가득 자란 아욱을 뜯어 국을 끓이고 잡곡으로 밥을 짓는다. 그렇게 상을 차린 다음, 누구와 함께 먹어야 할지 몰라 먼 동쪽을 바라보며 옷소매로 눈물을 닦는 마지막 장면은 압권이다. 조용히 속으로 읊어보면 구부정한 어깨를 가진 노인이 망연한 표정으로 텅 빈 집터를 바라보는 광경이 눈에

선하다.

시에서, 열두 번째 줄인 采葵持作羹를 그대로 해석하면 '아욱을 뜯어 국을 끓였다' 정도가 될 텐데, 이때 '葵'가 아욱을 의미하는 '규'이다. 다른 풀이에선 아욱 대신 '푸성귀를 뜯어 국을 끓였다'라고도 하지만, 본래 중국에서 아욱을 '채소의 왕'이라 했다 하고, 고대에 신농씨가 썼다는 『식경』에도 아욱이 나오는 것으로 보아, 아욱으로 읽는 게 더 어울릴 듯하다. 아욱은 우리나라에서도 인기가 많았던지 이규보의 『동국이상국집』에도 여섯 가지 중요한 채소 중 하나로 등장한다. 사실 아욱이라고 하면 그냥 국거리 정도로 생각하기 쉽지만, 동규자라고 바꾸어 말하면 고개를 끄덕이는 이들이 많을 것이다. 한때 큰 인기를 끌었던 동규자차는 아욱의 씨를 말려서 차로 끓여 마시는데, 변비에 좋다고 해서 찾는 이들이 많았다.

가을 아욱국이 맛있다고들 하지만, 그렇다고 해서 아욱을 가을에만 먹을 수 있는 것은 아니다. 아욱은 자라는 기간이 짧아 씨를 뿌리면 한 달 반 만에 무성해져서 뜯어 먹을 수 있다. 그럼에도 굳이 '가을 아욱국'을 칭송하는 이유는 가을에 나는 아욱이 가장 맛있기 때문이라는데, 아욱국을 좋아하지 않는 나로선 영원히 알 수 없을 일이기도 하다.

아욱을 떠올릴 때마다 겸손해지는 것은, 내가 모르는 게 많다는 걸 깨우쳐주기 때문일까. 아욱으로 국을 끓이려면 거품이 나지 않을 때까지 헹궈야 한다는 말의 의미를, 나는 모른다. 한 번도 아욱국을 끓여보지 않았으니 알 도리가 없다. 시장에 가서도 근대와 아욱을 구분하지 못하고, 그저 아욱을 헹구고 근대 껍질을 벗기던 엄마의 손끝, 그 파랗게 물들었던 풀물만을 기억할 뿐이다. 아욱에 칼륨이 많아서 앤지오텐신 전환효소 억제제(라미프릴, 에날라프릴, 캅토프릴 같은 약들)나 앤지오텐신II 수용체 차단제(여기엔 로사르탄, 발사르탄, 텔미사르탄 같은 약이 있다) 계열의 혈압약을 먹는 사람은 주의해서 섭취해야 한다는 사실을 안 지는 오래되었지만, 아욱과 거북을 같이 끓여 먹으면 안 된다는 옛 문헌의 내용은 얼마 전에 처음 알았다(참고로, 아욱과 상극인 음식엔 자라와 말고기도 있다지만, 다행히 말이나 자라, 거북을 먹을 일은 앞으로도 쭉 없을 것 같다).

엊그제 추석을 앞두고 시장에 구경을 갔다가 아욱을 보았다. 솔직히 말하면 아욱인 줄도 모르고 보았는데, 팔던 할머니가 말씀해주셔서 알았다. 진녹색의 넓게 펼쳐진 잎을 보니 문득 아욱을 사다가 국을 끓여보고 싶은 마음이 들었지만, 그냥 돌아왔다. 가을 아욱국은 반드시 사립문을 잠그고 먹어야 한다는데 그러기엔 마당도 사립문도 없을뿐더러, 그 냄새를 맡고 기웃거릴 이웃 또한 없을 테니까.

말하는 앵무새

오늘도 퇴근하는 길에 그 벤치 앞에 슬쩍 가보았다. 여전히 할머니는 보이지 않고 의자는 텅 비어 있었다.

할머니를 처음 본 건 작년 봄쯤이다. 아마 앵무새가 아니었더라면 할머니는 눈에 띄지도 않았겠지만. 4월 즈음으로 기억하는데, 저물어가는 오후 햇살 속에 할머니들이 등나무 아래 벤치에 앉아 있는 걸 보았다. 내가 근무하는 병원 앞엔 오래된 아파트가 있는데, 그곳 노인정에 소일거리 삼아 나와 있는 듯했다. 다른 이들은 서로 이야기를 나누는데, 유독 나이가 많아 뵈는 한 할머니만이 외따로 떨어져 앉아 커다란 앵무새 인형을 마주하고 있었다. 그러고는 보란 듯이 큰 소리로 앵무새에게 말을 거는 거였다.

"참 따뜻하다."

"참 따뜻하다."

"기분이 좋다고?"

"기분이 좋다고?"

앵무새 인형은 기괴하리만치 선명한 빨간색에, 눈동자는 인공적이었는데, 할머니가 말을 걸 때마다 똑같이 따라 하며 날개를 파닥였다. 할머니는 앵무새가 말하는 모습을 무척 대견해했다. 마치 "우리 아이 귀엽지요?" 하는 표정으로 옆에 있는 사람들을 둘러봤으니 말이다. 그렇다고 다른 할머니들이 크게 관심을 주는 건 아니었다. 봉제 인형 앵무새 따위엔 아무도 신경 쓰지 않았고, 중간에 마지못해 고개를 끄덕여주는 게 다였다.

처음엔 그게 노인용 말동무로 특별히 개발된 인공지능 로봇인 줄 알았다. 외로이 지내는 할머니에게 멀리 있는 자식이, 혹은 조카나 친척이 선물해준 게 틀림없다고, 혼자 상상하기도 했다. 전에 어떤 책을 보았는데, 미국의 어느 요양원에서 노인들에게 거북 모양의 로봇을 나눠준 적이 있다고 한다. 거북 로봇은 몇 가지 기본 기능이 탑재되어 사람이 하는 말에 약간의 반응만을 보이는 단순한 시스템이었는데, 곧 노인들은 그 거북을 사랑하게 되었다. 할머니, 할아버지들은 거북이 살아 있다고 믿었고, 자신의 이야기를 들어주고 이해한다고 생각했다. 그들은 거북에게 자신의 슬픔, 기쁨, 두려움, 꿈, 희망을 모두 털어놓았고, 리튬전지와 모터로 움직이는 그 작은 기계가 보이는 반응을 공감의 제스처로 상상했다. 그런데 도대체 공감은 뭘까? 이야기를 들어준다는 것은? 내가 이해받고 있다는 상상은 어디에서 기인하는 걸까? 그 어느 누가 거북 로봇이 노인들의 진정한 친구가 아니라고 할 수 있을까? 아니, 어쩌면 거북은 정말로 모든 걸 이해하고 있던 건 아닐까.

그렇지만 집에서 앵무새 인형을 검색해보고 그게 아님을 알았다. 앵무새 인형은 인공지능 로봇이 아니었고, 그저 소리를 변조해서 다시 내보내는 기능을 가진 어린이용 장난감일 뿐이었다. 배를 열면 AAA사이즈 건전지를 세 개 넣게 되어 있었고, 사람들의 후기를 보니 전지가 빨리 닳는다는 게 유일한 단점이라고 적혀 있었다. 그러니까 등나무 아래 벤치에서, 할머니는 자신의 말을 그대로 따라 하는 헝겊으로 된 앵무새와 함께 매일을 보낸 셈이다. 그건 메아리 같은 기분일까? 할머니도 미국 어느 요양원의 그들처럼 앵무새를 사랑하게 됐을까? 암만 해봐도, 빨간색 앵무새 인형만을 마주하고 앉은 노인의 내면을 상상하기는 힘들었다. 다만 어두운 작은 아파트 거실에서 그 할머니가 식탁 위에 앵무새를 올려놓고 앉아 있는 광경만이 떠올랐다. 둘은 서로를 마주 보고, 밖에서와는 달리 침묵하며, 그래도 다 안다는 듯 고개를 끄덕이는데, 그러다가 어둠은 점점 짙어져 완전히 밤이 되어버리는 장면.

여름이 지나고 가을로 접어들 무렵, 어느 날인가부터 할머니가 보이지 않았다. 다른 노인들은 여전히 그 벤치에 앉아서 뭔가 이야기를 나눴지만, 앵무새를 올려뒀던 작은 나무 탁자엔 아무것도 없었다. 만약 코로나가 창궐하는 시대가 아니었다면, 나는 당연히 할머니가 어디 딸네 집에라도 갔겠거니 생각했을 거다. 그렇지만 이 무시무시한 바이러스는 특히나 나이 든 이들에게 잔인하다. 처음 이 질병이 시작됐을 때부터 노인들은 소리도 없이 가장 먼저 사라져갔으니까. 지난가을 어떤 오후, 할머니는 앵무새와 이런 대화를 나눴다.

"시간이 참 빨라."

"시간이 참 빨라."

그때도 초저녁 햇빛이 등나무 줄기를 비끼며 앵무새에게 그림자를 드리우고 있었다.

문득 할머니의 얼굴을 기억하지 못한다는 사실을 떠올리며, 난 다시 한번 벤치를 뒤돌아봤다.

'이제 봄이니까.'

무슨 뜻인지도 알 수 없는 말을 속으로 중얼대면서.

닮은 듯 다른 모든 얼굴

언제였던가, 서울에서 춘천으로 내려오는 고속도로 휴게소에서 페루인 밴드를 마주친 적이 있다. 그들은 붐비는 휴게소 한구석에 무대를 마련하고 기타와 작은북, 이름을 알 수 없는 이국적인 악기를 연주하며 구슬픈 노래를 부르고 있었다. 난 그 휴게소의 명물인 잣을 넣은 호두과자를 먹으며, 깊은 바닷속에서 들려오는 고래들의 노랫소리 같은 신비로운 음률을 들었다.

그 사람들이 정말 페루인인지는 알 수 없었다. 페루에서 왔다면서도 모히칸족 같은 화려한 깃털 장식 머리띠를 등까지 길게 늘어뜨리고 있었으니 말이다. 잘 보면, 그들의 차림새는 그야말로 복합적이었다. 북아메리카 원주민이 할 법한 머리 장식은 그렇다 쳐도, 엘비스 프레슬리나 입었을 듯한 술 달린 바지는 또 어땠던가. 그나마 페루를 떠올리게 하는 것은, 리더로 보이는 사람이 어깨에 걸친 (만약 진짜라면 안데스산맥의 알파카 털로 짰을 게 분명한) 화려한 색깔의 담요뿐이었다.

무대 옆에는 큰 좌판이 있고, 그 위에는 페루와 안데스산맥의 특산품이라는 갖가지 물건들이 잔뜩 진열돼 있었다. 검은 머리를 길게 기른 여자가 특산품을 팔고 있었는데, 내가 구경을 하니 뭔가를 들고 와 열띠게 설득했다. 물론 말을 한 것은 아니었다(그런데도 신기하게 대충 알아들을 순 있었다). 여자가 보여준 것은 드림캐처였다. 중간에 "핸드메이드"라는 설명을 덧붙이기도 한 그 엉성한 물건은, 왠지 받아서 뒷면을 살펴보면 어딘가의 공장 주소가 적혀 있을 것만 같았다. 그래도 순간적으로 이런 생각을 하긴 했다. '드림캐처가 본래 안데스산맥에서 처음 만들어진 건가? 하긴, 그럴 수도 있겠군.'

　어쨌거나 페루인들이 부르는 노래는 어딘지 모르게 마음을 울리는 데가 있었다. 담요를 두른 페루인은 알아들을 수 없는 가사를 길게 뽑아내며 노래했다. 이국적인 악기가 내는 낮고 그윽한 소리는 멀리 퍼져나가 휴게소 뒤편 산 너머로 사라졌다. 나는 호두과자 한 봉지를 다 먹도록 서서 듣다가, 뭔가에 홀린 듯 그들이 직접 부르고 녹음했다는 CD를 사서 차로 돌아왔다. 집에 와서 CD 케이스의 비닐을 뜯고 음악을 들어봤다. 묘하게도 그 음반의 타이틀곡은 북미 나바호족의 민요로 잘 알려진 'Yeha-Noha'였다. 고래 울음소리를 꼭 닮은 이 아름다운 노래는, 나바호족 사람들이 먼 길을 떠나는 누군가에게 행복과 풍요를 빌어주던 축복의 인사다. 혹은 죽은 사람, 그러니까 이승에서 저승으로, 돌아올 수 없는 강을 건너가는 존재에게 불러주던 진혼곡이기도 하고.

CD를 들으며 '역시 그들은 페루인이 아니었던 건가' 라고 생각했지만, 별로 상관하진 않았다. 페루에서 온 사람이 나바호족의 노래를 부르지 말란 법은 없으니까.

담요를 두른 페루인을 다시 본 것은 이 도시에서 열린 축제에서였다. '춤으로 하나가 되는 세계인'이라는 콘셉트 덕분에, 해마다 축제 때면 외국의 댄싱팀 몇몇이 와서 공연을 하는데, 놀랍게도 그가 거기 있었다. 하지만 이번에는 담요를 걸치지 않았을뿐더러 페루의 춤을 추지도 않았다. 그는 은빛 늑대 털가죽을 머리에 쓰고 몽골의 전통춤을 추고 있었다. "핫!" "핫!" 하는 기합에 맞춰 몽골 기병 차림을 한 무용단이 우르르 몰려나오자, 늑대 가죽을 쓴 그 사람은 뒷줄로 빠지더니 무대 밑으로 사라져버렸다. 저녁 시간대의 마지막 공연이라 축제는 파장 분위기였고, 몽골팀의 춤은 빠르게 끝났다. 안내문을 읽어보니, 그들은 몽골에서 온 게 아니었다. 어느 마을의 다문화가족들이 지역주민과의 화합을 위해 만든 무용단이라는 설명이 적혀 있었다. '늑대 가죽을 쓴 사람이 정말 그 페루인이었을까?' 궁금한 마음에 공연이 끝나고도 잠시 더 서 있었지만, 불 꺼진 무대 뒤편은 어둠뿐이었다. '그래, 내가 원래 사람 얼굴을 잘 기억하지 못하잖아.' 아마 그때 속으로 이런 말을 중얼거렸을지도 모른다.

　그를 세 번째로 본 건 약국을 그만두기 며칠 전이었다. 이미 웬만한 건 다 정리하고 조제에 필요한 약만 남겨뒀는데, 그들이 왔다. "얼른 들어와, 얼른!" 점퍼 차림의 남자가 약간 기가 죽어 뵈는 외국인 한 사람을 데리고 들어선 거다. 도시 외곽에 있는 공단에서 일하는 사람 같았다. 그들이 내민 비급여 처방전을 받아 약을 지었다. 간단한 외과 수술 후에 먹는 항생제와 소염진통제였다. 그러고 보니 방금 들어온 외국인의 오른손에 붕대가 감겨 있던 듯도 했다. 복용법을 설명해주는 동안에도 그는 멀찍이 서서 고개를 푹 숙이고 있었다. 그러다가 약을 대신 받은 한국인 사장이 더듬더듬 그쪽 말로 설명을 해줄 때 잠시 머리를 들었다. 그런데, 이럴 수가. 그는 예전의 그 페루인이었다. 담요를 두르고 바닷속 고래 같은 소리로 노래 부르던. 아니, 어쩌면 그는 몽골에서 온 사람이었을까. 은빛 늑대털을 쓴 채 핫, 핫, 기합을 넣으며 춤췄던. 그렇지 않다면…… 그저 우리는 모두 닮았을 뿐인 건지도.

　닮은 듯 다른 얼굴을 가진, 페루인이자 몽골인이며 동시에 내가 알지 못하는 또 다른 나라의 누군가인 그는, 약국을 나가면서 "고맙습니다"라고 했다. 나는 "안녕히

가세요"라고 대답했다. 그 외에는 뭐라고 말해야 할지
알 수 없었고, 설사 알았다 해도 그 나라의 언어로는 말
하지 못했을 테니까.

돌고래가 꾸는 꿈

바다 생각이 나서 동해로 향했다. 고속도로를 달려 도착한 곳은 주문진항이었다.

항구엔 갈매기가 많았다.

"갈매기들이 몇 살까지 사는지 아니?"

이렇게 물으면 대부분(아마 갈매기 전문가나 조류학자가 아니라면) 10년, 20년, 혹은 30년이라고 대답한다. 하지만 갈매기는 오래 살기로 유명한 새다. 그들의 평균수명은 60세고, 운 좋은 갈매기는 70세까지도 산다는 것을 나는 예전에 책을 읽으며 알게 되었다. 내가 보고 있는 갈매기들이, 그래서 예사롭지 않았다. 저렇게 날아다니는 갈매기 중엔 나보다 더 오래 산 '갈매기 노인'도 있을 테니까. 그들은 아마도 바다에 대하여 아주 많은 것을 알고 있겠지.

항구엔 고깃배도 많았다. 다들 물결에 출렁이며 천천히 흔들리는데, 그 광경을 가만히 보고 있으려니 나도 흔들리는 것 같았다.

나는 바로 앞에 있는 오징어잡이 배 위에 달린 등을 보았다. 이따 밤엔 저 등에 불이 환하게 켜질 테고, 새벽엔 오징어를 가득 싣고 돌아오겠지.

포구를 따라 늘어선 가게들 쪽으로 가보았다. 조용하고 한산한 것이, 좀 전에 본 주문진 수산시장과는 딴 세상 같았다. 아무도 없는 길을 따라 죽 늘어선 가게를 구경하며 천천히 걸었다. 주로 건어물을 파는 곳들인데, 한 가게 앞에 '고래고기'라고 적힌 간판이 눈에 띄었다.

"저기 봐. 고래고기 파는 곳이래."

난 일행에게 그쪽으로 가보자고 했다.

고래를 일부러 잡는 것은 금지되어 있지만, 어쩌다 그물에 걸리면 팔 수 있다고, 전에 어디선가 본 기억이 났다. 거북에 대한 책을 찾다가 본 건데, 만약 바다거북이 그물에 걸리면 배불리 먹여 대접한 뒤 용왕에게 지내는 제사를 올리고, 심지어는 해경이 비호까지 해주며 넓은 바다로 데리고 가서 놓아준다는 이야기와 함께, 그와는 반대로 고래는 잡히면 그냥 비싼 값에 팔아버린다고 쓰여 있었다. 그 얘기를 떠올리며 가게 앞에 도착했을 때 발밑에 크고 검고 반짝이는 유선형의 뭔가가 누워 있는 게 보였다.

돌고래였다. 아니, 처음엔 돌고래 모형일 거라고 생각했다. 모형인지, 진짜인지 궁금해서 살짝 꼬리지느러미를 만져보려고 하는데, 안에서 앞치마를 두른 아저씨가 걸어 나왔다.

"그거, 돌고래 맞아요. 오늘 아침에 그물에 걸린 겁니다."

그러면서 아저씨는 돌고래 모형(이라고 생각한 진짜 죽은 돌고래)의 얼굴 부분을 덮어놨던 빨간 고무대야를 들춰주었다.

정말 돌고래였다. 돌고래는 죽었고, 눈 쪽에 피가 고여 있었다. 흰색과 검은색의 매끄러운 피부가 암만 봐도 실제 같지 않았다. 그 자리에 선 채 돌고래의 얼굴을 오래도록 들여다봤고, 그러다가 다시 포구를 따라 걸었다.

죽은 돌고래는 처음 보는 것이었다. 살아 있는 돌고래는 동물원에 가면 있지만—물론 그들도 엄밀한 의미에선 '살아 있다'고 하기 어려울 테지만. 왜냐하면 수족관의 돌고래들은 좁은 공간에 갇힌 스트레스로 위장약과 신경안정제를 먹으며 겨우겨우 생명을 유지하니까—죽은 돌고래는 처음이었고, 특히나 죽은 돌고래가 얼굴에 고무 대야를 덮어쓴 채로 내 발밑에 쓰러져 있는 모습은 한 번도 본 적 없는 이상한 광경이었다.

포구를 걷는 내내 돌고래만 생각했다. 돌고래는 지능도 높다는데, 그래서 서로 소리 내어 의사소통도 한다는데. 그는 잡혀 오면서 친구들에게 어떤 인사를 남겼을까?

혹시 돌고래는 그저 차가운 돌바닥 위에서 잠든 채 바

다 꿈을 꾸고 있는 건 아닐까? 하긴, 어쩌면 수산시장의 얼음 좌판 위에 누워 있는 모든 물고기가 다 꿈을 꾸고 있는 건지도 모른다. 고등어도, 삼세기도, 도치나 장치, 대구, 도루묵, 소라, 키조개들도.

　돌고래가 나를 꿈꾸고 있는 건지도 모른다는 상상을 하며 걷다 보니, 어느새 포구의 막다른 곳에 도착했다. 아무도 없는 바닷가는 춥고 바람이 잦았다. 모래사장에서 일부러 조개껍데기 일곱 개를 주워 주머니에 넣었다. 해가 지고 저녁이 성큼 다가와 있었다.

이상한 세계에서, 까치와 나

둥지에서 떨어진 까치를 발견한 것은 3주 전쯤 일요일 저녁이다.

그곳이 평소 길고양이들이 다니는 길목이란 걸 알기에, 모른 척하고 그냥 갈 수가 없었다. 꽤 오래 주변을 서성이며 부모 까치가 데리러 오나 지켜봤지만, 아무 새도 나타나지 않았다. 주위는 점점 어두워지고, 어린 까치는 어리둥절한 표정으로 수풀 사이를 헤맬 뿐이었다. 기다린 끝에, 결국 녀석을 데리고 오기로 하였다. 비록 까치를 키워본 적은 한 번도 없지만, 오래전 잉꼬를 키워본 적은 있었다(그러나 잉꼬는 모두가 집을 비운 어느 날 새장을 탈출했고, 밖에서 현관문을 열자 문틈으로 날아 도망치고 말았다). 어쨌거나, 그때의 경험 하나만 믿고 잔디밭에서 방황하던 까치를 잡았다. 까치는 따뜻하고 부드러웠는데, 잡히는 순간 세상이 떠나가라 "까악까악" 울어댔다. 하지만 겉옷을 벗어서 감싸 안으니, 모든 걸 포기한 듯 갑자기 조용해졌다.

집으로 와서 커다란 상자 안에 물과 약간의 먹이를 함께 넣어줬다. 똘치라는 이름은 누가 처음 지어줬는지 모른다. 그냥 언젠가부터 모두 녀석을 똘치라고 부르고 있었다. 첫날 저녁엔 잔뜩 웅크리고 상자 구석에만 있던 똘치는, 다음 날 아침부턴 활달해졌다. 상자 밖으로 나오려고 한참이나 푸드덕거리더니, 사흘째 되던 날 저녁 마침내 탈출에 성공했다. 그렇다고 해서 막 날아다니진 못했고, 베란다 구석구석을 걸어 다니며 탐색하다가 꼭 물그릇 가장자리에 앉아서 꾸벅꾸벅 졸았다. 왜 하필 저런 데 앉아서 자는 걸까. 궁리 끝에 화단에서 굵직한 나뭇가지를 주워와 횃대를 만들어줬지만, 무엇이 마음에 들지 않는지 똘치는 끝까지 거기엔 앉지 않았다. 물그릇 가장자리에 앉아 있다가, 조금 더 높이 날게 되었을 땐 상자 테두리에 앉아서 잠을 잤다. 그러다가 나중엔 빨래 건조대에 자리를 잡았는데, 그제야 마음에 드는 장소를 발견한 눈치였다. 떠나는 날까지 언제나 거기 앉아서 쉬었으니까.

똘치가 머무는 동안 나는 조류전문가 비슷한 것이 되어 갔다. 도서관에서 "새" "텃새" "한국의 새" "까치" 등등의 온갖 검색어로 책을 찾았고, 다 빌려서 커다란 가방에 넣고 돌아왔다. 그걸 읽으며 새들이 무슨 생각을 하는지, 서로 어떻게 지내는지, 무슨 꿈을 꾸는지(정말로 『버드 브레인』이란 책엔 그렇게 나와 있었다. 새들도 꿈을 꾼다고)에 대하여 알게 되었다. 새들은 별빛과 지구 자기장, 태양의 방향으로 길을 찾고, 어떤 새는 도구를 사용할 줄 알며, 특히 까치는 거울에 비친 모습이 자기 자신임을 안다.

데리고 온 지 스무날쯤 됐을 때, 똘치를 보내기로 했다. 어릴 때 구조된 야생까치가 인간 품에서 너무 오래 지낸 끝에 돌아가지 못하게 됐다는 이야기를 읽은 뒤였다. 아침 일찍 일어나 요리조리 날아다니는 똘치를 겨우 잡아 상자에 넣었다. 처음 발견했던 공원, 바로 그 나무 아래로 갔다. 상자 뚜껑을 열자마자, 똘치는 힘차게 하늘로 날아올랐다. 하지만 멀리 가지는 않고 바로 옆 벚나무 위에 자리를 잡더니, 아래를 내려다보는 것이었다. 녀석은 그날 온종일 거기 앉아 있었다. 낮 동안 여섯 번이나 공원에 가봤는데, 그때마다 똘치는 벚나무 위에서 이리저리 자리만 옮기며 계속 머물렀다. 중간에 버찌를 따먹기도 하고 깃을 다듬기도 했지만, 저녁이 다 되도록 그 나무를 떠나지 않는 걸 보니, 점점 걱정되기 시작했다. 혹시 겁이 나서 날지 못하는 건가? 주변에 까치도 많은데, 왜 저렇게 앉아만 있는 걸까?

그런데 저녁을 먹고 7시쯤 다시 가니 똘치가 어디론가 가고 보이지 않았다. "똘치야!" 큰 소리로 불러봤지만, 녀석은 나타나지 않았다. 다만 어디선가 아주 작게

"까아까아" 우는 소리만 들려올 뿐이었다.

『버드 브레인』엔, 까치가 사람의 얼굴을 잘 알아본다고도 쓰여 있었다. 3년이 지나서까지도 과거에 만났던 사람을 기억한다는데, 까마귓과의 새들이 특히 그렇다는 것이다. 도대체 새들은 어떻게 사람의 얼굴을 알아보는 걸까? 우린 까치나 참새, 비둘기, 어치, 황조롱이, 이 새들 각각의 얼굴을 전혀 구별하지 못하는데. 나무 위에 앉아 있는 까치, 잔디밭을 걸어 다니며 뭔가를 쪼는 까치, 전봇대 위, 가로등 꼭대기, 혹은 어느 집 창틀에 앉은 까치에 이르기까지, 모두 똑같이 보일 뿐인데. 아마 3년 후 어느 날 어떤 까치가 내 앞에 나타난다면, 난 그 새가 똘치인지 아닌지 영원히 알 수 없겠지. 까만 깃털에 단단한 부리, 동그랗고 반짝이는 눈과 긴 꽁지깃. 다른 듯 똑같은 그 모습들. 그러고 보면 까치들만이 우리를 기억하고 알아보고 날갯짓하는 이 세계란 얼마나 이상한 곳인지!

새의 귀환

숲은 온통 나지막한 안개로 싸여 있다
황량하고 비로 부풀고 조용했다
오래도록 몰아치는 북풍, 그 바람 속을
'야생의 어린이들'은 지나갔다, 다른 하늘로
큰 범선을 타고, 저녁에, 높고 높은 하늘로.

파트리스 드 라 투르 뒤 팽Patrice de la Tour du Pin의 시
「9월의 어린이들」을 처음 읽은 것은 고등학교 1학년 때
였다. 그때 나는 프랑스 시에 빠져 있었고, 용돈을 받으면
시내 청구서적에 가서 시집을 사 모았다. 이 시는 종로서
적출판사에서 나온 『프랑스 명시집』에 실려 있었는데, 표
지엔 몽환적인 느낌이 드는 마리 로랑생의 그림이 있고
초판은 무려 1981년에 발행된 고풍스러운 책이었다.

파트리스 드 라 투르 뒤 팽이라는 시인이 쓴 시는 이
책 이후론 단 한 편도 더 읽어보지 못했다. 하지만 책엔
그의 조그만 흑백 초상화가 있었고, 그래서 내겐 우수에

찬 표정으로 생각에 잠겨 있는 먼 나라의 시인이 무척이나 친근하게 여겨졌다. 가을에 멀리 어딘가로 떠나가는 새들을 위해 시를 짓는 사람이라면, 이미 그는 마음속으론 친구나 다름없다고도 생각했다. 아직 살아 있든 혹은 오래전 죽어 지하에 묻혀 있든, 그런 건 진짜 친구가 되는 데 전혀 중요하지 않으니까.

나중에 어른이 되었을 때, 서해안으로 날아오는 가창오리 떼의 군무를 보면서도 나는 「9월의 어린이들」을 떠올렸다. 그들은 뺨에 흰 깃이 나 있고, 가만히 물 위에 떠 있을 때는 깊은 생각에 잠긴 듯 보인다(아마 정말로 생각에 잠겨 있을지도. 사고할 수 있는 지능은 대뇌피질이 있는 포유동물만—그중에서도 특히 영장류와 인간—가졌다는 게 정설이지만, 일부 과학자들은 피질이 없는 조류도 지능적 행동을 한다고 주장하니까). 본래는 시베리아의 콜리마강 근처에 살며 알을 낳는데, 9월쯤부터 우리나라로 내려와 추운 겨울을 나고 다시 북쪽으로 돌아간다. 수십만 마리의 가창오리 떼가 일제히 날아올라 마치 한 몸인 양 하늘을 선회하는 모습은 장관이다. 그들은 누구의 지휘도 받지 않고 서로 주고받는 별다른 신호도 없이 그렇게 허공 속 길을 찾아간다. 그 먼 시베리아의 강에서 우리나라 서해안까지 날아오며, 새들은 오직 밤하늘의 별빛과 지구 자기장만을 의지한다. 눈에 보이지 않는 거대한 범선이 그들을 안내하듯 가볍게, 바람과 구름의 부드러운 흐름에 그 작은 몸을 싣는 것이다.

더 나중에, 어슐러 K. 르 귄의 「안사락 족의 계절」을 읽었을 때도, 나는 「9월의 어린이들」을 생각했다. 안사락 족은 어느 먼 행성에 사는 조류와 비슷한 종족인데, 키는 2미터 정도 되고 입은 물수리의 부리 모양으로 생겼다. 그들은 행성의 봄과 여름엔 북쪽에서 지내고 가을과 겨울엔 다 같이 남쪽으로 이동한다. 안사르들('안사르'는 안사락 족 각각의 개인을 말한다)은 내면의 '마단'이라는 것을 따라 삶을 영위하는데, 마단은 지구의 언어로는 'always, way'와 비슷한 의미를 지닌다. 마단을 따르는 이 거대한 새들은 죽음을 앞에 두었을 때야 이동을 멈춘다. 늙은 안사르들은 겨울이 와도 남쪽으로 가지 않고 조용히 끝을 기다린다. 그렇기에, 안사락 족의 행성에선 얼어붙은 호수와 흩날리는 눈발의 아름다움은 오로지 노인들의 몫이다. 소설의 마지막 장면에서, 늙은 안사르는 지구인의 요청에 따라 구애의 춤을 보여준다. 그는 마치 안달루시아의 투우사처럼 거칠면서도 우아하게 춤을 추고, 이마에 흐르는 땀을 닦으며 말한다. "어쨌든 지금은 구애의 계절이 아니니까요."

새들은 떠나가지만, 반드시 돌아온다. 파트리스 드 라 투르 뒤 팽은 또 이렇게 읊었으니까.

그 아이는 분명히 이곳으로 오리라

동쪽으로 떠오르는 여명과 더불어

많은 철새 떼와 함께

또 초원의 고요를 떠날 시각을

바람 속에서 찾는 불안해하는 사슴과 더불어.

오늘, 병원에서 퇴근하여 집으로 돌아오는 길에 귀환한 새를 보았다. 그 새는 인공적인 느낌이 너무 강한 빨갛고 파란 깃에 노란 부리를 가졌고, 옆구리엔 커다란 태엽이 달려 있다. 혼자서는 말도 하지 않고 날아가지도 않지만, 그를 유일한 친구로 여기는 어떤 할머니에게만은 고개를 까닥이며 조용히 대꾸한다. 낡고 오래된 경로당 앞 벤치에서 그 '말하는 앵무새'가 돌아온 걸 보았을 때 나는 왠지 눈물이 날 것 같았다. 지난가을부터 보이지 않던 할머니는 그새 많이 수척해져 있었다. 말소리도 전보다 훨씬 작아져서, 앵무새에게 뭐라고 하는지도 잘 들리지 않았다. 하지만 ─그동안 무슨 일이 있었는지는 영원히 알 수 없을 테지만 ─할머니와 새는 돌아왔다. 추웠던 겨울, 그들은 함께 엄청나게 깊고 어두운 허방을 헤엄쳐 건넜을 거다. 그리고 둘은 다시 벤치에 앉아 서로를 마주 보게 되었겠지.

만약 원숭이들만의 별이 있다면

어떤 강아지의 가계도

예전에 나는 잘생긴 강아지 까꿍이를 키운 적이 있다. 하얀 등에 완장 같은 얼룩이 있던 그 강아지는 약국 건너편 동네 어느 집에서 놓아 기르던 애였다. 강아지를 좋아했지만 키우지 못하고 있던 나는, 녀석을 길에서 마주친 순간 한눈에 반하고 말았다. 하지만 까꿍이는(혼자 속으로 이름까지 지어 불렀었다) 경계심이 강했다. 아무리 부르고 얼러도 곁을 주지 않고 가까이 오지도 않으며 길거리를 배회할 뿐이었다.

그러던 어느 날, 점심시간에 약국 문을 활짝 열어놓았는데 까꿍이가 안쪽을 기웃댔다. 이때다 싶어 새우깡을 갖고 나와 한 개를 녀석 앞에 놓았다. 까꿍이는 망설인 끝에 그걸 먹었다. 곧 두 번째 새우깡을 놓고 까꿍이는 그걸 또 먹었다. 그렇게 까꿍이는 새우깡을 한 개씩 먹으며 약국 안으로 발을 들였다. 그 뒤로 까꿍이는 매일 약국으로 나를 찾아왔다. 사람들이 '약국집 강아지'라고 부를 정도였다. 나중에 까꿍이가 원래 어느 집 강아지인지 알게 됐다. 그 집엔 여섯 살쯤 된 여자애가 있었는데, 내가 까꿍이에 대해서 물으니 심드렁하게 대답했다.

"아, 디스요? 걔 말 되게 안 들어요."

그때 처음으로 까꿍이의 본명이 '디스'라는 것을 알았다. 그 아이 말로는 아버지가 피우던 담배 이름을 그냥 붙인 거라 했다. 하루는 아이네 엄마가 약국에 왔다. 해열제 시럽을 사러 온 거라고 했다. 나는 까꿍이를 계속 키워도 될지 물었는데, 한 치의 망설임도 없이 데려가라고 해서 깜짝 놀랐다. 다행이다 싶으면서도 혹시 이 사람 마음이 변해서 도로 가져가면 어쩌나, 하는 불안이 앞섰다. 얼른 약장에서 어린이용 영양제 한 통을 꺼내 그분에게 드렸다. 그 당시 돈으로 삼만 원 정도 하는 거였는데, 그렇게 하여 까꿍이는 공식적으로 내 강아지가 되었다.

어느 강아지가 그렇지 않겠느냐마는, 까꿍이는 정말로 착하고 귀엽고 영리했다. 등에 있는 얼룩과 눈가의 검은 무늬 때문에 얼핏 보면 너구리 같이 생겨서 지나가는 사람들이 "어머, 너구리인 줄 알았네!"라고 외치기도 했다.

어찌나 잘생긴 강아지였는지, 한번은 옆 상가 아주머니가 까꿍이를 탐냈다. 꼭 까꿍이를 닮은 강아지를 가지고 싶다는 것이었다. 기회가 되면 자기네 암컷 강아지와 하룻밤을 같이 보내게 해달라고 나에게 부탁했다. 나는, 까꿍이로선 오히려 기뻐할 일이라고 여겨 흔쾌히 승낙하였다. 며칠 후 드디어 그 아주머니가 오더니 자기 집 암컷이 딱 임신 가능한 시기가 도래하였으니 까꿍이를 좀 데려가야겠다고 했다. 나는 까꿍이에게 잘 다녀오라고 하며 아주머니에게 안겨 드렸다. 저녁이 되자 아주머니가 까꿍이를 안고 왔다. 얼굴엔 실망감이 가득해 보였다.

"어떻게 됐어요?"

물으니, 까꿍이는 무슨 이유에선지 신붓감을 계속 피하기만 한다는 것이었다. 그러면서 내일 다시 데리러 와도 되냐고 묻기에 그러라고 하였다. 아주머니는 다음 날 아침 또 까꿍이를 데려갔지만 허사였다. 결국 까꿍이는 그다음 날도 또 그 집에 가야 했다. 그날 낮에 잠깐 틈을 내어 가보니(거긴 칼국숫집이었는데) 아주머니가 커다란 냄비에 닭 한 마리를 삶고 있었다.

"이거, 까꿍이 좀 먹여보려고."

아주머니는 까꿍이가 하룻밤을 거부하는 것이 몸이 허약해서일지도 모른다고 했다. 그러니 닭을 고아 먹이면 어떨까 싶었다는 거다.

그날 저녁, 아주머니는 환한 얼굴로 까꿍이를 안고 왔다. 닭을 먹은 까꿍이가 한 시간 정도 후에 그 집 강아지와 좋은 시간을 보냈다는 말과 함께.

그리고 얼마 후 아주머니가 까꿍이의 새끼들을 보라고 하여 그 집에 한 번 가보았다. 정말 제 어미와 아비의 귀여운 모습만 꼭 닮은 새끼 다섯 마리가 있었다. 원한다면 사례로(하지만 곰곰 생각해보면 내가 받을 사례는 아니지 않은가) 한 마리 주겠다고 했지만, 난 괜찮다고 했다. 다음 날 까꿍이를 안고 가서 자기 새끼들을 보여주니 못 본 척 딴청만 피웠다.

이젠 세상에 없는 까꿍이를 간혹 생각한다(매일 떠올린다고 하면 거짓말일 테니까. 그냥 죽어가는 모든 것들이 있고 삶은 언제나 계속된다). 어느 깊은 밤, 아직 까꿍이가 공식적으로 내 강아지가 아니었을 때, 약국에 두고 간 물건을 가지러 돌아갔던 적이 있다. 그 밤에 여전히 길거리에 있던 녀석은 어둠 속에서 나타난 사람이 나인 것을 알고는 귀를 뒤로 착 젖히고 너무나 신나 어쩔 줄 모르는 몸짓으로 마구 뛰었다. 그런 까꿍이를 꼭 안으니 구운 옥수수처럼 향긋한 냄새가 물씬 풍겼다.

지난주 춘천에 갔을 때 약국이 있던 동네를 지나갔다. 요즘엔 아무도 개를 그렇게 놓아 키우지 않지만, 그래도 그곳 어딘가엔 까꿍이의 후손들이 살고 있겠지. 까꿍이가 남긴 다섯 마리의 강아지들, 그 각각의 강아지들이 또 각각 다섯 마리씩의 강아지를 남기고 그런 식으로 계속해서 이어진다면……. 그러고 보면 약국도, 거리도, 건

물도, 강이나 산, 하늘의 모양까지 모두 사라지거나 변했
지만 까꿍이만은 남은 걸까? 부드러운 흰 털, 등의 둥근
얼룩, 영리하고 착한 눈동자, 그런 유전자를 가진 또 다
른 강아지들의 모습으로.

삶, 우주 그리고 모든 것

예전에 어느 마트에서 팔던 튀김가루 봉지에서 생쥐가 나왔다고 한다. 하지만 그날 난 기사의 헤드라인만 읽었기에, 봉지 안에 있던 생쥐가 어떻게 나왔는지는 끝내 알지 못하고 말았다. 누군가가 튀김을 만들려고 봉지를 뜯는 순간, 밀가루를 뒤집어쓴 살아 있는 생쥐가 풀쩍 튀어나왔다는 건지, 또는 가루를 체로 치고 보니 체위에 말라비틀어진 채 죽은 생쥐의 사체가 덩그러니 남아 있었다는 건지, 이도 저도 아니라면, 튀김을 먹는데 아빠 입에선 생쥐의 머리가, 엄마 입에선 생쥐의 꼬리가, 아이들의 입에선 각각 생쥐의 양쪽 발과 손이 발견되었다는 건지…… 전혀 몰랐다는 뜻이다.

생각해보면 한때 생쥐가 음식물 속에 출몰하는 일이 꽤 잦았다. 오래전엔 어떤 결혼식 피로연장 국수 그릇에서 생쥐가 발견됐다는 뉴스를 본 적도 있으니까. 기사 속 인터뷰에 의하면, 국수를 먹고 국물까지 다 마시고 보니 그릇 바닥에 검고 조그만(지금도 생생히 기억하는데, 그건 분명 새끼손가락만 한 크기라고 했다) 생쥐가 쓰러져 있더라는 것이다. 기사를 읽으면서, 나였다면 어땠을지 상상해 보았다. 생쥐가 들어 있는 국수라고 해도 그게 어떤 상황이냐에 따라 대처법은 달라질 테니까. 만약 국물을 펄펄 끓이기 전에 생쥐가 솥으로 들어간 거라면 어차피 100도가 넘는 물에 살균 소독됐을 테니, 기분이 안 좋긴 해도 몸에 나쁠 것까진 없다(오히려 국물 맛은 더 좋아졌을 수도). 그러나 다 끓여서 먹기 좋게 식힌 국솥으로 생쥐가 뛰어들었다가 익사한 거라면 그건 좀 문제가 되지 않을까. 아무래도 생쥐들 몸에 붙어 있기 마련인 벼룩 같은 작은 벌레들이 제대로 처리되지 않았을 테니. 어쨌든 뜨거운 멸칫국물을 후루룩 마셔버렸는데 그릇 바닥에 까만(혹은 회색인) 생쥐의 사체가 놓여 있다면 속이 울렁거릴 게 틀림없다. 하긴 나라면 국수를 먹기 전 한 번 휘저어볼 게 확실하고 그러는 과정에서 젓가락 끝에 닿는 뭔가 작고 통통하고 물컹한 것을 먼저 발견했겠지만 말이다.

다행히도, 아직까진 내가 먹은 음식에서 생쥐가 발견된 적은 없다. 다만 쥐가 유유히 돌아다니는 식당에서 냉면을 먹은 경험이 있을 뿐이다. 그곳은 무척 유명한 냉면집이었고 한여름이라 사람도 많았는데, 맛있게 냉면을 먹다가 이상한 느낌에 고개를 들어보니 검은 고양이 한 마리가 벽 모서리를 타고 기어 올라가고 있었다.

흠, 고양이라니. 신기하군. 이런 말을 속으로 중얼거리다가 좀 더 자세히 보니, 그건 고양이가 아니라 거의 고양이만큼이나 큰 살찐 검은 쥐였다. 그렇지만 난 별다른 반응 없이 쥐를 보며 묵묵히 냉면을 씹고 국물을 마셨다. 만약 "으악, 저기 쥐가 있어!"라고 한다면, 고개를 숙인 채 냉면과 만두를 맛나게 먹고 있던 사람들이 얼마나 놀라겠는가 생각하면서.

그런데 서두가 너무 길어졌지만, 본래 하려던 이야긴 이거였다. 알고 보면 생쥐들은 정말 고마운 동물이라는 것. 적어도 녀석들이 음식 그릇이나 식당 벽에서 발견되는 경우만 아니라면 말이다.

지금 당장 포털사이트 검색창에 '생쥐+약물'이라고 써넣기만 해도 그 작고 귀여운 동물들이 인간을 위해 얼마나 많은 희생을 치르는지가 줄줄이 나온다. 예를 들자면 코로나19 백신이나 치료제 개발을 위해 쓰이는 '인간화 생쥐' 같은 것들. 인간화 생쥐란, 얼굴이 사람처럼 생긴 생쥐가 아니라—하지만 가만히 의자에 앉아 "인간화 생쥐"라고 발음해보면, 역시 얼굴은 사람에 몸은 생쥐인 기묘한 하이브리드 동물이 떠오르는 건 어쩔 수 없다—면역계 일부를 사람처럼 변형시킨 생쥐를 말하는데, 그들을 이용해서 여러 가지 약물의 부작용과 효능을 실험한다.

신약 개발에 얼마나 많은 쥐가 사용되는지, 대학교 땐

이런 생각을 한 적도 있었다. '그렇다면 우리가 가지고 있는 이 수많은 데이터는 결국 인간이 아니라 쥐를 위한 것 아닌가?' 당시엔 이 생각이 그저 머릿속을 휙 스쳐 지나가고 말았지만, 오랜 후에 『은하수를 여행하는 히치하이커를 위한 안내서』를 읽으며 그 의문에 대한 해답을 얻을 수 있었다. 그러니까 그 책에 의하면, 우주에서 가장 똑똑한 생물은 '쥐'이고, 그들이 지구라는 거대 컴퓨터를 설계했으며, 그렇기에 이 땅에서 행해진 모든 실험도 결국은 자기들에게 필요한 값이 나오도록 조종한 결과물이라는 것이다. 쥐들이 지구를 만들면서까지 알고자 했던 건 '삶, 우주 그리고 모든 것의 해답'인데, 여기서만 살짝 귀띔해주자면 그 답은 '42'이다. 쥐들은, 수십억 년의 시간을 들여 계산한 끝에 그런 허무한 답을 내놓은 슈퍼 컴퓨터에게 그 의미가 뭐냐고 따져 묻지만, ('깊은 생각'이란 이름을 가진) 컴퓨터는 그저 이렇게만 대답할 뿐이다. "그건 우리도 모릅니다. 당신들이 던진 질문을 이해할 수 없었으니까요. 삶, 우주, 그리고 모든 것이 무엇을 뜻하는지 말이에요. 어쩌면 처음부터 질문 자체가 잘못된 거였는지도 모르죠."

오늘 퇴근하는 길에 쥐를 보았다. 정확히는 길 건너편에서 빠르게 어디론가 걸어가는 검은 쥐를 본 것이다. 쥐는 인도의 한쪽 끝에서 다른 쪽 끝으로 뛰다시피 건너니 축대 틈에 난 작은 구멍으로 감쪽같이 사라져버렸다. 난 일부러 길을 건너가서 쥐가 숨어든 시멘트 사이 좁은 구멍을 보았는데, 안엔 아무것도 없었다. 혹시 다시 나올까 싶어 잠시 기다려봤지만, 쥐는 끝까지 얼굴을 내밀지 않았다. 하긴, 녀석은 굳이 그럴 필요도 없었겠지만. 왜냐하면 그들은 언젠가 지구로부터 '42'라는 알 수 없는 해답을 얻을 때까지 이곳에 머물며 우리를 지켜보기만 하면 되는 거니까.

너구리 냄비 요리에 대하여

우리 아버지 시모가모 소이치로는 너구리 세상을 단결시킨 위대한 너구리라서 무척 바빴다. 아버지는 자주 출타했고, 어머니와 자식이 기다리는 숲에 작별을 고했다. 짧은 헤어짐도 있었고 몇 주씩 걸리는 긴 헤어짐도 있었다. 그런 상태였기 때문에 그해 겨울에 아버지가 송년회의 냄비 요리가 되어 이 세상과 작별했다는 사실을 알게 되었을 때 우리는 그게 진짜 이별이라는 사실을 받아들이기가 너무 힘들었다.*

언젠가 홋카이도 여행을 소개하는 텔레비전 프로그램에서 너구리 냄비 요리 먹는 광경을 보았다. 그 지방에선 오래전부터 너구리 요리가 흔했다고 하는데, 그래선지 요리를 만드는 사람은 무척 능숙한 솜씨로 너구리를 손질했다. 죽은 너구리는 작고 뾰족한 앞발을 축 늘어뜨린 채 눈을 감고 있었는데, 왠지 금방이라도 다시 깨어

* 모리히 토미히코, 『유정천 가족』, 권일영 옮김, 작가정신, 2009.

나 펄쩍 뛰어 달아날 것처럼 보였다. 리포터는, 잘 손질한 너구리 고기를 커다란 무쇠 냄비에 담고 그 위에 갖은 채소를 얹은 뒤 국물을 붓고 끓여 먹는 게 별미라며 입맛을 다셨다. (그런데 지금 이 글을 쓰며 생각해보니, 어쩌면 그 광경을 봤다는 건 나의 상상이었을지도 모른다. 그러니까 홋카이도의 어느 료칸에서 소고기라든가 돼지고기 같은 걸로 냄비 요리를 만들며 "하지만 전에는 너구리로 송년회 냄비 요릴 만들었지요"라고 말하는 장면을 봤던 걸 수도 있다는 뜻이다.)

어쨌든 그걸 보면서 나는, 송년회의 냄비 요리가 되어 세상을 떠난 너구리계의 영웅 시모가모 소이치로를 떠올렸다. 저 위 인용문에 나와 있다시피, 시모가모 소이치로는 분열된 너구리 세상을 단결시킨 위대한 너구리였지만, 어이없게도 한낱 냄비 요리가 되어 영원히 돌아오지 못했다. 그야말로 세상을 구한 히어로에겐 어울리지 않는 허무한 죽음이었던 거다. 그나마 다행인 것은, 시모가모 소이치로를 냄비 요리로 만든 존재가 사람이 아니라 요괴인 벤텐이었다는 점 정도랄까. 만약 평범한 인간에게 잡혀가 전골이 되었다면, 그건 더 큰 굴욕이었을 터이니.

『유정천 가족』을 읽으며 너구리 냄비 요리에 대해 이것저것 찾아보기도 했다. 불교 국가이기에 소나 돼지를 도축하는 것이 금지되어 있던 일본에서는 예로부터 야

66

생동물을 잡아서 몰래 요리해 먹는 일이 많았다고 한다. 중국 동부와 우리나라를 비롯한 동아시아 일대에 널리 퍼져 살던 너구리도 그런 식의 단백질 공급원 중 하나였다. 내가 봤던 어떤 고대의 요리 비법서엔 옛날 사람들이 너구리를 어떻게 끓여 먹었는지도 자세히 나와 있었다. 그 책에 의하면—유감스럽게도 제목은 잊고 말았지만—너구리 고기는 누린내가 심하기에, 요리 전에 냄새를 없애는 게 관건이었다. 비법은, 너구리를 잡은 다음 바로 먹지 않고 지푸라기에 잘 싸서 땅속에 일주일간 묻어두는 것이었다. (이 부분에서 의문을 느꼈는데, 과연 그렇게 묻어둔 고기가 썩진 않았을까? 아니면 지푸라기 속 미생물 덕분에 오묘한 발효 과정이 진행되어 훨씬 풍미 깊고 맛도 좋은 색다른 고기로 변신했던 걸까? 여하간) 파묻었던 고기를 꺼낸 뒤엔 반드시 흐르는 물에 두 시간 동안 씻어야 했다. 그러고 나서 냄비에 된장, 대파, 생강을 잔뜩 넣고 푹 끓이면 세상에서 가장 맛있는 너구리 전골이 된다는 게, 거기 적힌 내용이었다.

고대의 요리서 말고도 너구리 먹는 법을 알려주는 책을 몇 권 더 보았는데, 그중 하나가 『동의보감』이었다. 『동의보감』에선 너구리 고기를 학육貉肉이라 하여 약재의 일종으로 다루며 몸이 허한 사람, 기력이 없는 사람, 산후 보양이 필요한 사람이 먹으면 좋다고 소개한다. 특이한 것은, 너구리만이 아니라 산노루건 꿩이건 토끼건간에, 단백질 공급원이 될 만한 동물은 다 기운이 없고 몸이 약한 사람에게 좋은 약으로 나와 있다는 사실이다. 하긴 그럴 수밖에 없는 게, 예전엔 고기를 구하기가 힘들었으니까. 아니, 고기만이 아니라 배불리 먹는 일 자체가 거의 불가능하던 시절이었다. 웬만한 자잘한 병은 잘 먹고 푹 자기만 해도 저절로 낫는다는 걸 생각하면, 『동의보감』「탕액편湯液篇」수부獸部를 읽을 때마다 슬픈 마음이 드는 걸 어쩔 수 없다. 거기선 상상의 동물인 용에서부터 어디서나 흔히 볼 수 있는 쥐에 이르기까지, 수백 가지가 넘는 온갖 동물의 효능효과를 논하고 있으니까. 각각의 자질구레한 부분에선 차이가 있지만, 결국 그 수많은 네발 달린 동물들은 모두 허약한 사람을 튼튼하게 하고 기운을 나게 만드는 데 쓰인다.

얼마 전 어떤 공원에 너구리 떼가 출몰하여 사람을 놀라게 하고 산책하던 개까지 물고 도망쳤다는 소식을 들었다. 공원 측에선 너구리를 만나면 겁내지 말고 일단 강아지를 안아 올린 다음 자리를 피하라고 권고했다는데, 혹시 그날 나타났던 너구리들 중에도 그 세계를 단결시킨 위대한 너구리가 한 마리 껴 있었을까? 설마 그 위대한 영웅 너구리도 자동차와 인간에게 쫓긴 끝에 더는 갈 곳을 찾지 못하고 장렬히 세상을 뜬 건 아니겠지? 기사를 보며 온갖 상상을 다했지만, 암만 궁리해도 나로

선 아무것도 알 수 없었다. 다만 한 가지 확실한 건, 너구리 냄비 요리가 아무리 맛있다 한들 앞으로도 절대 먹을 생각이 없다는 사실뿐. 만약 내가 무심코 먹어버린 냄비 요리 속 너구리가 너구리 세계의 영웅이라면? 정말이지, 그런 허망하고 쓸쓸한 결말은 결코 상상조차 하고 싶지 않으니까.

문어의 나비효과, 혹은 파울을 기리며

예전에 독일에 파울이라는 문어가 살았다. 채 두 살
도 되지 않았던 그 문어는 오버하우젠이라는 도시의 수
족관에서 지냈는데, 어느 날부터인가 신묘한 능력을 발
휘하기 시작했다. A매치에서 이길 팀을 족집게처럼 짚
어낸 것이다. 파울이 승리할 나라를 점치는 방법은 특이
했다. 먼저 두 개의 물통을 준비하고 그 안에 홍합을 넣
어둔다(참고로, 홍합은 파울이 가장 좋아하는 먹이였다고
한다). 그런 다음 각각의 물통에 경기에 참여하는 나라
의 국기를 건다. 파울을 데리고 와서 두 개의 물통 중 하
나를 골라 거기 들어 있는 홍합을 먹게 한다. 파울이 먹
은 물통에 걸린 국기에 해당하는 나라가 그날 축구 경기
에서 이긴다.

파울의 예지력은 널리 알려졌고 '점쟁이 문어'라는 이
름도 얻게 됐다. 중요한 경기가 있는 날이면, 파울은 수
족관에서 나와 특식을 먹으며 점을 쳤다. 그리고 그 결
과가 신문에 대서특필했다.

점쟁이 문어 파울의 능력이 어찌나 뛰어난지, 2010년 남아공 월드컵 독일 대 스페인 경기를 앞두고는, 녀석이 점을 치는 광경을 생중계하기도 했다. 독일 출신의 문어이니만큼, 독일인들은 내심 기대에 차서 긴장하며 파울이 어느 쪽 홍합을 선택할지 지켜봤다. 파울 역시 이번에 자신이 고를 홍합이 어떤 파장을 불러일으킬지 아는 듯했다. 신들린 문어답게 고뇌하는 눈초리로(다 아는 얘기겠지만 두족류의 눈 구조는 우리 인간과 비슷하다. 그래서 문어를 마주하고 있노라면, 마치 사람을 보는 듯 묘한 감정에 빠져들게 되는 거다), 파울은 오래도록 생각에 잠겼다. 그러더니 결심한 듯 여덟 개의 다리를 꿈틀대며 움직여 스페인 국기가 걸린 물통으로 이동했다. 녀석은 그 안에 든 홍합을 꺼내 맛있게도 냠냠 먹었고, 생방송으로 점치는 장면을 시청하던 독일인들은 분노와 불안의 탄식을 내뱉었다. "아니야, 그럴 리 없어. 이번에야말로 파울의 예언이 틀리고 말겠지!" 그들은 외쳤지만, 밤내내 초조해하며 이리저리 뒤척이는 건 어쩔 수 없었다.

드디어 결전의 날이 밝았고, 독일과 스페인의 경기가 시작됐다. 손에 땀을 쥐는 90분이 흘렀고, 놀랍게도―아니, 어쩌면 당연하게도. 왜냐하면, 이미 파울이 예언했으니까―스페인이 승리했다. 스페인에선 난리가 났다. 모두 예언자 문어를 칭송했고, 스페인 국왕은 파울에게 명예시민증을 하사했다. 스페인 해안에 사는 어부들은 갓

잡은 싱싱한 홍합을 얼음과 함께 잘 포장하여 오버하우젠으로 보냈고, 덕분에 파울은 맛있는 식사를 하며 행복하게 지낼 수 있었다. 파울의 능력을 높이 산 인도와 중국의 부자들이 우리 돈으로 거의 1억이 넘는 금액을 제시하며 점쟁이 문어를 팔라고 종용했지만, 수족관에선 단호하게 거부했다.

여담이지만, 어떤 다른 평행우주에선, 파울이 복수심에 불타는 요리사에게 납치된다. 그는 독일팀이 스페인에 패배한 날 밤, 몰래 수족관에 들어가 파울을 잡아 온다. 파울을 반으로 갈라 일부는 문어 카르파초를 만들고, 나머지는 해물파스타를 만든 뒤, 요리사는 친구들을 초대했다. 다음 날, 경찰이 들이닥쳐 요리사와 그 일행을 체포했다. 자초지종을 알게 된 친구들은 눈물을 흘리며 이렇게 말했다. "정말 몰랐어요. 어제 먹은 문어가 예언자일 거라고 누가 상상이나 했겠어요? 할 수만 있다면 다시 뱉어서라도 살려내고 싶다고요."

실제로 파울은 독일의 패배를 예언한 죄로 살해 협박을 받았다. 곳곳에서 문어 요리를 해 먹는 퍼포먼스가 벌어졌고, 수족관에 침입해 파울을 납치하려 시도한 사람도 있었다. 다행히 예언자 문어는 철통같은 보호를 받아 무사할 수 있었지만 말이다.

그런데 여기서 드는 의문 한 가지. 정말로 파울은 미래를 내다봤던 걸까? 미래는 정해져 있어서 신비로운 능력을 지닌 누군가가 내다볼 수 있는 걸까? 오히려 파울이 승리를 예언했기 때문에 미래가 그렇게 흘러간 건 아닐까? 북반구에서 한 마리 나비가 날갯짓을 하면 남반구 어딘가에 태풍이 일어나듯, 귀여운 한 살짜리 문어가 홍합을 꿀꺽 삼킴으로써 축구 경기의 결과가 바뀌어버린 건 아닐까? 그렇지 않다고 누가 장담할 수 있을까? 세상 모든 일의 원인은 겹겹이 쌓인 우연 속에 감춰져 있는데.

만약 파울이 오래도록 살았다면 더 많은 것을 예언했을지도 모른다. 어쩌면 '파울앱' 같은 게 생겼을 수도. 스마트폰에 어플을 깔고, 결정하기 힘든 미래를 질문하면, 파울의 얼굴을 한 문어 아이콘이 나타나 점을 쳐주는 거다. 거기서 나오는 수익금의 10분의 1만 받아도, 파울은 평생 호강하며 그 좋아하는 홍합을 잔뜩 먹었겠지. 하지만 파울은 그리 오래 살지 못했다. 그는 점점 몸이 쇠약해지더니 그해 가을 눈을 감았다. 너무 열심히 점을 치느라 정작 자신의 건강은 돌보지 못한 탓이다. 어쩌면 본래 예언자의 운명이 그런 걸지도 모른다. 고대로부터 수많은 예언자들이 갖가지 이유로 천수를 누리지 못했으니까.

드디어 월드컵 시즌이 다시 돌아왔다. 4년간 온갖 일이 있었지만, 그리고 지금도 일어나고 있지만, 그래도 공은 둥글고 달리는 인간은 아름답다. 개막식에서 가오리처럼 생긴 월드컵 마스코트가 밤하늘을 누비는 광경을 보며, 오랜만에 파울을 생각했다.

문어들에게 천국이 있다면—나는 그런 곳이 있다고 믿지만. 비록 인간의 천국은 없을지라도—부디 파울이 그곳에서 편히 쉬고 있기를. 신나게 푸른 바다를 헤엄치다 문득 텔레비전을 켰을 때, 거기선 아르헨티나와 사우디아라비아의 경기가 벌어지고, 녀석만이 혼자 빙긋이 웃으며 "사우디가 승리하겠군"이라고 중얼대는, 그런 천국.

거북, 스피노자

거북의 몸집이 점점 커지면서 물 갈아주는 일도 점점 힘들어진다.

처음 데려왔을 때 녀석은 엄지손톱보다 조금 큰 초록색의 작은 새끼 거북이었고 몸무게는 깃털처럼 가벼웠다. 그러나 요즘 거북의 등갑은 내 손바닥보다 더 크고 색상은 음흉한 황록색을 띠는데, 무게는 또 어찌나 많이 나가는지 큰 돌멩이를 하나 들고 있는 느낌이다. 눈이 마주치면 물갈퀴와 발톱이 달린 앞발을 마구 휘젓는데, 그럴 때 못 본 척하고 지나치면 바로 온몸을 수조 벽에 부딪히며 난리를 친다. 결국 나는 사료통을 열어 먹이를 주고, 목적을 이룬 거북은 물속을 이리저리 헤엄치며 맛있게 밥을 먹는 것이다.

어쨌든 오늘은 그런 녀석의 수조 물을 갈아주는 날이었다. 물을 갈 땐, 먼저 거북을 욕실 안 커다란 대야에 풀어 놓는다. 그러면 거북은 하루 이틀 겪는 일도 아니면서 겁을 잔뜩 집어먹고 어떻게든 통 밖으로 나가려고 기어오르며 몸부림을 친다. 그렇지만 대야를 넘는다는 것은 어림없는 일. 좌절감에 빠진 거북을 잠시 그대로 두고, 샤워기로 수조와 올라가 쉬는 섬(작은 바위 모양의 인공섬인데, 거북은 주로 그 위에 앉아 온종일 해를 쬐며 지낸다)을 닦는다. 그런 다음엔 다시 수조에 따뜻한 물을 채우고 파충류의 점막을 보호해준다는 파란 물약을 몇 방울 떨어뜨린 후, 거실 창 앞 해가 잘 드는 곳에 놔둔다. 여기까지 마치고 나서 이번엔 거북을 미지근한 물에 씻긴다. 그렇게 씻긴 거북을 도로 수조에 넣는데, 그러면 녀석은 마치 죽다 살아나기라도 한 것처럼 미친 듯이 헤엄쳐서 섬 아래 작은 동굴로 숨어버리는 것이다.

거북은 '페닌슐라쿠터'라는 종이며, 이들의 고향은 플로리다의 따뜻한 늪지대다. 아마도 어느 날 녀석의 조상들 한 무리가 사람 손에 잡혀 와 사육되기 시작한 거겠지. 나는 거북을 볼 때마다 그가 과연 플로리다에서 야생의 삶을 살고 있을 거북들보다 불행한 것인지 생각하곤 한다. 야생 속 동물들의 삶은 상상을 초월하니까. 그들은 깨어 있는 시간의 99퍼센트를 굶어 죽지 않기 위해 먹이를 찾거나, 그 먹이를 먹거나, 혹은 천적으로부터 달아나는 일에 써야 한다. 남은 1퍼센트는…… 글쎄, 아주 잠깐 쉬기라도 할 순 있을까. 하긴, 바다거북만 봐도, 모래 속 알에서 갓 태어난 새끼들 100마리 중 90마리는 처음 바다에 닿기도 전에 지나가는 새들에게 잡아먹히고 만다. 분명 플로리다에 살고 있을 페닌슐라 쿠터들도 그러할 것이다. 그리고 이런저런 사정을 상상하다 보면, '우리 거북은 행복하다'라는 결론에 도달할 수밖에 없다.

거북은 집에서 사육되는 덕분에 언제나 일정한 온도를 유지하는 물속에서 편안히 밥을 먹고, 낮엔 천적에게서 도망 다니는 대신 멀리 치악산을 보며 명상을 하니, 만약 녀석이 글을 쓰고 읽을 수 있다면 거북 세계의 진정한 현자가 되는 것도 시간문제 아닐까. 그런 생각을 한 끝에 난 이번에야말로 거북에게 새 이름을 하나 지어 주기로 했다(슬프게도 그동안 녀석은 이름도 없이 '거북이' 또는 '북거이'라 불리며 살아왔다).

스피노자. 이게 고심 끝에 지어준 거북의 이름이다. 매일 해를 쬐며—해가 나지 않거나 기온이 낮은 날엔 UVA와 UVB가 골고루 나온다는 특수 램프를 쬐며—누구의 방해도 받지 않고 명상에 잠겨 사는 작은—그러나 알고 보면 꽤 큰, 그리고 앞으로 계속 자라서 마침내는 등갑 지름이 40센티미터에 달할—페닌슐라쿠터에게, 이보다 더 잘 어울리는 이름은 없을 테니까. 그는 분명 자기 종족이 가진 지적 능력의 최대치까지 도달하여 거북만의 독특한 시선으로 세계를 파악하며 진리를 깨우쳐 갈 것이다. 그런 거북의 정신세계에선 우주의 낮과 밤이 어떻게 보일지 정말 궁금한데, 아마도 언젠가 동물 언어 번역기가 나온다면 그때는 알 수 있지 않을까.

꿈의 문어를 보았니?

밤 1시쯤 누군가가 문을 두드렸다.

현관문을 열어보니 태평양거대문어가 서 있었다. 참고로 그 녀석이 태평양거대문어인 것을 아는 이유는, 얼마 전 『문어의 영혼』이라는 책을 읽은 덕분이다. 책에는, 태평양거대문어가 인간만큼이나 머리가 좋은 데다 팔에 붙은 빨판 하나가 약 13킬로그램의 물건을 들어 올릴 수 있다고 적혀 있었다. 그런데 놈에게는 무려 1,600개가 넘는 빨판이 있다는 것이다.

그런 내용을 떠올리며 나는 몸을 부르르 떨었다. 문어는 팔을 다리 삼아 지탱한 채 꼿꼿이 서 있었는데, 그래선지 나보다도 키가 컸다. 만약 그놈이 나를 꽉 잡고 빨판으로 잡아당긴다면 10분도 안 되어 녀석의 뱃속에서 소화효소에 뒤범벅되고 말리라. 내 창백한 얼굴을 보았는지 태평양거대문어가 한쪽 팔을 어깨에 얹으며 말했다(말했다기보다는 공기의 파동 같은 걸로 내게 생각을 전달했다고 보면 된다. 그래서 여기엔 원래 그가 낸 '꾸룩

꾸룩' 비슷한 소리를 옮겨 적어야 마땅하겠지만, 그냥 간단히 대화의 요점만 정리해서 쓰도록 하겠다). 태평양거대문어가 들려준 이야기는 다음과 같다.

"사실 우린 너희 인간보다 머리가 좋아. 그건 알지? 책에도 나와 있잖아. 그리고 바다에는 우리 문어가 우글우글한데 지구의 70퍼센트는 또한 바다로 뒤덮여 있지. 쉽게 말해서, 우리야말로 이 지구의 주인이나 마찬가지라는 건데, 어쨌든 중요한 건, 우리 고향별—옥토퍼스 성좌라고 들어봤나 모르겠네?—에서 잠시 후 지구를 접수할 예정이라는 거야. 그게 무슨 뜻이냐고? 휴, 이런 답답한 인간을 봤나. 좋아, 설명해주지. 그러니까 우린 곧 지구를 폭파하고 세상의 모든 문어와 함께 고향으로 돌아갈 계획이거든. 이유 따윈 묻지 마. 하지만 굳이 알고 싶다면—정말 셀 수도 없이 많은 이유가 있지만—대충 한 가지만 알려주지. 자, 이걸 보라고."

태평양거대문어는 품에서 태블릿같이 생긴 걸 꺼내더니 팔 끝으로 전원 버튼을 눌렀다. 화면엔 매일 저녁 여섯 시에 방영되는 어떤 TV 프로그램의 한 장면이 나오고 있었다. "이걸 왜?" 내가 묻자, 녀석이 다른 팔을 뻗어 내 입에 갖다 댔다. "쉿, 끝까지 보면 알 수 있다니까."

약 5분 후, 나는 침울한 얼굴로 지구에 닥친 위기의 근원에 대해 생각하고 있었다. 그건 정말 변명의 여지가 없는 일이었다. 그러니까 문어를 산 채로 펄펄 끓는 물에 넣어 삶으며 웃고 박수치는 사람들 말이다. 고통으로 몸부림치는 문어의 팔 하나가 냄비 뚜껑을 힘겹게 들어 올리자, 식당 주인이 꽉 눌러 닫으며 자랑스럽게 외쳤다. "정말 싱싱한 문어라니까요!"

"그런데 왜 지금 날 찾아왔지?" 마침내 내가 묻자, 태평양거대문어의 오른쪽 눈—한 가지 더 알려주자면, 문어들은 우리가 오른손이나 왼손잡이이듯 오른눈이나 왼눈을 구분해서 사용한다—이 부드럽게 움직였다. "우린 지구에서 단 한 명의 의인을 찾아서 데려갈 생각이었어. 그 의인으로 네가 선정된 거고. 어때? 기쁘지 않아?"

순간 내 위장병이 얼마나 고마웠는지 눈물이 날 지경이었다. 언젠가부터 역류성 식도염 증세에 시달려온 나는, 맵고 짠 음식을 되도록 먹지 않으려 조심해왔다. 당연히 매운 국물이 주가 되는 해물탕은 안 먹은 지 꽤 오래되었고 말이다. 따라서 해물탕 냄비엔 거의 시그니처처럼 얹혀 있는 살아서 꿈틀대는 문어를 먹을 일도 없었다. 물론 얼마 전 넷플릭스에서 「나의 문어 선생님」을 본 뒤 눈물을 흘리며 문어를 먹지 않겠다고 다짐하기도 했지만.

그래도 어찌해야 할지 몰라 머뭇대자, 문어가 조금은 다급하게 눈알을 굴리며 말했다. "서두르라고. 시간이 얼마 남지 않았으니까."

아파트 밖으로 나오니 차가운 새벽 공기 사이로 앙상

한 나뭇가지들의 실루엣이 어렴풋이 보였다. "자, 그럼 출발한다."

나는 문어와 함께 하늘로 떠올랐다. 둥실둥실. 발아래로 세상이 점점 작아지더니 나중엔 커다랗고 넓은 회색 양탄자처럼 보였다.

그때였다. 날아가던 문어가 문득 헤엄을 멈춘 것은. 그는 머리 아래 달린 눈으로 나를 쏘아보더니 외쳤다. "너 혹시……?" 나 역시 유영을 멈추고 고개를 푹 숙였다. 그러고는 속으로 중얼거렸다. '알아차린 건가? 내가 어제저녁 문어 카르파초 먹은 것을? 도축장에서 고통받는 소를 보면 채식주의자가 되리라 다짐하고, 문어에게 영혼이 있다는 책을 읽으면 세상의 모든 두족류를 먹지 않겠다 맹세하지만, 언제나 내 결심은 갈댓잎처럼 흔들리고 결국엔 소고기도 두족류도 모두 맛있게 먹어버리고 만다는 것을?'

동시에 문어는 내 손을 놓았지만, 나는 빛처럼 빠른 속도로 떨어지며 이렇게 소리쳤다.

"괜찮아. 꿈이잖아."

거북이 가고 싶은 곳

요즘 거북은 아침마다 탈출을 시도한다. 자기 키보다 높은 수조 벽을 넘어가려 안간힘을 쓰는 거다. 그러다 손을 놓치면—정확히는 미끄러지는 거겠지만—물속으로 첨벙 빠지며 뒤집히고 만다. 물속에서 거북은 아무 일도 없었던 듯 시치미를 떼며 유유히 헤엄친다. 마치 우리가 길에서 돌부리에 걸려 넘어졌을 때 머쓱한 얼굴로 일어서서 아무렇지 않은 척 걷듯이. 다음번 탈출을 꿈꾸며 투명한 수조 밖을 내다보는 녀석이 안쓰러워, 나는 거북을 들어 올린다. 물 밖으로 꺼내주기 위해. 그러면 거북은 발버둥치며 길게 자란 발톱이 달린 앞발로 내 손을 힘껏 밀어낸다.

바닥에서 거북은 등갑 속에 잔뜩 움츠리고 있다가 천천히 얼굴을 내민다. 호기심이 가득한 눈초리로 사방을 두리번댄 끝에 마침내 오른쪽 앞발을 꺼낸다. 그러고는 한참 후 왼쪽 앞발을 내밀고 마지막에서야 뒷발을 쭉 뻗으며 앞으로 나아간다. 거북이 가장 먼저 가는 곳은 자신이 좀 전까지 헤엄치던 수조다. 그는 수조 앞으로 가서 투명한 벽 너머 물을 들여다본다. 때론 손으로 수조 벽을 짚고 일어서서 보기도 한다. 방금 떠나온 물통이 그립기라도 한 듯, 작별 인사라도 나눌 것처럼 한참을 서 있다가 마침내 몸을 돌려 가버리는 거다. 그늘로, 어둡고 컴컴하고 아무도 엿보지 않는 좁고 서늘한 구석으로.

다시 수조로 돌려보내려면 매번 집 안 이곳저곳을 뒤지며 거북을 찾아야 한다. 녀석은 주로 소파 밑, 침대 안쪽, 책장과 벽 사이 틈 같은 데 숨어 있으니까. 빛을 비춰보면 무표정한 얼굴로 이쪽을 보기만 할 뿐, 암만 불러도 절대 나오진 않는다. 거북은 후각이 뛰어나다기에 (예전에 영국에 살던 어느 전설적인 거북은 30킬로미터나 떨어진 곳에 있던 좋아하는 사과 냄새를 맡고 그 먼 거리를 기어갔다고 한다. 단지 사과 한 알을 먹기 위해서!) 녀석이 제일 좋아하는 간식인 말린 새우를 죽 늘어놔 보지만, 소용없다. 거북은 자기가 나오고 싶을 때만 나오겠다는 결연한 태도로 버티고, 어두워질 즈음에야 슬슬 걸어나와 나를 바라보는 것이다.

한번은 아무리 찾아도 거북이 보이지 않았다. 마당이 있는 것도 아니니 밖으로 나갔을 리도 없는데. 찾기 시작한 지 한 시간쯤 지나자, 거북이 동호회 사이트에서 읽었던 글들이 생각나며 걱정이 되기 시작했다. 어떤 사람은 키우던 거북이 탈출한 뒤 사흘 밤낮을 뒤졌지만 찾지 못했다고 한다. 포기하고 살았는데, 그로부터 꼭 여섯 달이 지난 어느 날 베란다에 있는 화분 흙 속에서 거북을 발견했다는 것이다. 놀랍게도 그는 흙이 잔뜩 묻은 채 여전히 살아 있었다. 반쯤 동면에 빠진 상태로. 또 어떤 사람은 거북이 사라진 다음 서너 달이 흘렀을 때 신발장 안에 있던 운동화 속에서 녀석을 찾아냈다. 슬프게도 그 거북은 작고 딱딱한 미라로 변해 있었다. 거북을 집 밖으로 데리고 나갔다던 누군가의 일화도 떠올랐다. 그 사람은 해가 잘 드는 마당 한가운데 거북을 내어놓고 실컷 햇볕을 쬐게 해줬다. 그러나 불쌍한 거북의 마지막은 비극이었다. 하늘에서 매 한 마리가 쏜살같이 내려와 녀석을 물고 가버렸으니 말이다(매나 독수리, 올빼미들은 딱딱한 거북을 어떻게 먹어야 하는지 잘 알고 있다. 그 영리한 새들은 거북을 물고 높이 날아오른 다음 바위에 던져 등갑을 깨뜨린 후 속살을 골라 먹는다). 온갖 에피소드들을 떠올리며, 난 닫혀 있던 옷장까지 다 열고 거북을 찾았다. 하지만 어디에도 녀석은 보이지 않았다. 그때 마루에 놓인 강아지 방석이 저 혼자 들썩이는 이상한 광경이 눈에 들어왔다. 얼른 뒤집어보니, 그 아래 거북이 있었다. "뭐야. 너 여기 있었잖아!" 내가 소리치자, 녀석은 날 쓱 올려다봤다. 그러더니 몸을 틀어 또 다른 그늘을 향해 느릿느릿 걸어가는 것이었다.

그런데 거북은 왜 언제나 어둡고 컴컴한 구석, 먼지가 솜뭉치처럼 굴러다니는 장소를 찾아가는 걸까? 페닌슐라쿠터는 본래 햇볕 쬐기를 좋아한다는데. 해가 잘 드는 창 아래 양지도 마다하고, 자외선과 적외선이 풍부하게 나오는 따뜻한 인공조명도 뿌리친 채, 녀석은 그저 동굴을 찾아갈 뿐이다. 대체 그 깊은 어둠에 무엇이 있기에? 어쩌면 거북은 그 구석들, 작고 좁은 틈, 아무의 시선도 없는 혼자만의 공간과 사랑에 빠진 걸까? 하긴 그렇지 않다고 누가 장담할 수 있을까?

만약 원숭이들만의 별이 있다면

밤에 도서관 앞으로 차를 몰고 지나갈 때, 나는 거대한 전면 유리 앞쪽에서 몇 개의 그림자가 일렁이며 움직이는 걸 보았다. 신호를 기다리며 서 있는 동안 그 묘한 광경을 지켜보았고, 마침내 그게 원숭이들이라는 걸 알았다. 사실, 세상의 수많은 도서관이 아무도 모르게 원숭이를 키운다는 것은 공공연한 비밀이다. 이것도 일종의 비밀인지 모르지만, 알고 보면 원숭이들은 책을 좋아한다. 책 읽기를 좋아한다기보다는 무궁무진한 서가의 미로 사이에서 특정한 책 찾아내기를 더 좋아하는 것이겠지만. 물론 원숭이들은 책보다는 고소하고 달콤한 잣을 훨씬 더 좋아하고, 그렇기에 녀석들을 잘 길들이면 도서관의 수많은 장서를 순서대로 정리하는 일도 시킬 수 있다.

어디선가 들은 얘긴데, 원숭이들에게 책 정리를 처음 맡긴 곳은 중국의 어느 오래된 도서관이었다. 거기서 원숭이들은 책을 색깔별로 분류한 다음 같은 색깔의 책꽂이에 꽂아두고 오는 일을 했다. 임무를 완수하고 오면 마을 주민들은 선물로 잣을 줬고, 원숭이들은 한쪽 구석에 앉아 그걸 맛있게 까먹었다. 다 먹고 나서 그들은 다시 일하기 위해 서가로, 그 한없이 구불구불한 미로로 출발했다.

그곳 주민들이 원숭이들에게 서가 정리를 시키기 시작한 것은, 도서관이 너무 커서 그 안에서 길을 잃고 영원히 헤매는 사람들이 점점 늘어난 탓이었다. 한 번 도서관의 미로에 발을 들이면 그들은 결코 빠져나오려 하지 않았다. 결국 마을은 소멸의 위기에 처했고, 그때 혜성처럼 나타나 미로를 정비하고 책을 제자리에 꽂은 존재가 바로 원숭이들이었다. 사람에겐 온갖 기호와 지시가 너울대는 혼돈의 공간이지만, 원숭이들에게 도서관 서가는 그저 나무판자가 색깔별로 늘어선 창고에 불과했다. 그들은 빠르고 정확하게 책을 분류하고 정리했으며, 자랑스러운 얼굴로 돌아와 상으로 받은 잣을 꼭꼭 씹어 먹었다. 안타깝게도 이제 그 마을의 이름은 잊었지만, 장담컨대 한 손엔 잣을 또 다른 손엔 책을 든 원숭이 동상이 서 있는 도서관을 찾아낸다면, 당신은 바로 그곳에 도달한 것이다.

한 가지 덧붙이자면, 이 얘기가 어찌나 유명했던지 나중에 남미의 어느 작가는 중국의 그 신비한 도서관에 대한 책을 쓰기도 했다. 그는 원숭이가 돌아다니던 거대한 미로에 심취한 나머지 마치 3차원 입체 영상으로 보듯 페이지마다 정성스레 도서관의 내부를 묘사했고, 마침내는 스스로 그 안으로 걸어 들어가 버리고 말았다. 그가 책에서 다시 나왔는지 아닌지는 끝까지 밝혀지지 않았으며, 결국엔 책의 존재 자체마저 수수께끼가 되었다. 난 이 모든 걸 지금은 잃어버린 백과사전에서 읽었는데, 어느 날 아침 눈을 떠보니 백과사전이 있어야 할 자리엔 그저 텅 빈 공간만 남아 있을 뿐이었다.

도서관에서 일하는 원숭이만큼이나 유명한 원숭이는 무한히 타자를 치는 원숭이일 것이다. 이 역시 지금은 기억나지 않는 어떤 작가의 소설에서 읽은 건데—어쩌면 그건 소설이 아니라 논픽션이었을 수도 있지만—거기선 어느 돈 많은 부자가 타이핑하는 원숭이에 대한 소문을 듣는다. 그는 천재 수학자와 내기를 하는데, 그건 이런 내용이었다. 즉 원숭이들이 무한히 아무 글자나 마구 누르다 보면 어느 날엔가는 셰익스피어의 희곡 한 편쯤은 우연히 탄생시킬 수 있으리란 것. 수학자는 기나긴 계산 끝에 그게 불가능하다는 결론을 내렸고 부자는 가능할 거라고 주장했다. 내기를 건 다음, 부자는 돈 많은 사람답게 수백 마리의 원숭이를 사들이고 세계 최고의 조련사까지 섭외했다. 그러고는 타이프라이터 수백 대가 갖춰진 사무실을 마련한 뒤 거기다 원숭이들을 밀어

넣었다. 당연히 고도로 훈련받은 원숭이들은—이때도 상으로 잣을 줬던 걸까? 거기까진 나와 있지 않아 알 길이 없다—셰익스피어의 희곡은 물론 톨스토이나 도스토옙스키의 소설까지 멋지게 타이핑했다. 의기양양해진 부자는 수학자를 초대해서 그 광경을 보여줬고, 그걸 본 수학자는 분노를 참을 수 없어 원숭이들을 모두 죽여버렸다는 거다.

생각해보면, 수학자는 요즘 말로 치면 분노조절장애 같은 걸 앓고 있었을지도 모른다. 단지 내기에 졌다는 이유만으로 아무 죄 없는, 그저 잣을 얻어먹으며 타자만 열심히 쳤던 성실하고 불쌍한 원숭이들을 몰살시켰으니 말이다. 다행히 이것은 허구이고(허구이길 바라고) 그래서 실제로 죽은 원숭이들은 없다는 게 그나마 위안이 된다고 할까. 하긴 허구의 원숭이도 실존하는 원숭이라고 믿는 (나와 같은) 사람에겐 전혀 위안이 되지 않는 말이겠지만.

한 가지 짚고 넘어가자면, 부자는 정정당당한 내기를 하지 않았다. 원숭이들은 본래 아무 훈련도 받지 말고 무작위로 타이프라이터의 자판을 눌렀어야 한다. 하지만 그는 조련사를 통해 타자 치는 훈련을 시켰고 결국 그건 원숭이들을 억울한 죽음으로 몰아넣고 말았다.

마지막으로, 2022년 1월 21일 오후 3시 반쯤 필라델

피아 북서쪽으로 150마일 정도 떨어진 고속도로를 헤매던 원숭이 네 마리에 대해 말할 차례다. 그들은 덤프트럭이 넘어지면서 쏟아진 상자에서 탈출했다. 바닷가에서 게를 잘 잡기에 게잡이원숭이라고도 불리는 녀석들이었다. 트럭 안 상자엔 백여 마리가 넘는 원숭이들이 갇혀 있었는데, 다들 어느 백신 연구소로 끌려가는 중이었다. 백신을 비롯한 많은 의약품 개발에 원숭이가 요긴하게 쓰인다는 것은 널리 알려진 사실이다. 그들은 인간과 비슷하게 생겼고 외양이 닮은 만큼이나 유전적으로도 가까워서 신약 개발에 필요한 임상시험에 가장 적합한 동물이다. 2019년에 시작되어 온 세계를 죽음의 공포로 몰아갔던 코로나19를 예방하는 백신도 이들 게잡이원숭이를 이용해 만들어졌으니 말이다.

트럭이 전복되며 얼떨결에 밖으로 나온 원숭이들은 우왕좌왕하며 돌아다녔다. 태어나면서부터 임상시험용으로 키워졌기에 세상을 알 길 없던 녀석들은, 어디로 가야 할 지 몰라 어리둥절했다. 네 개의 바퀴가 달린 강철 덩어리들이 빠르게 앞을 지나가고 그 너머론 끝없이 펼쳐진 녹색의 지평선. 한동안 두리번댄 끝에 네 마리의 원숭이들은(다른 원숭이들은 상자가 열리지 않아 그대로 갇혀 있었다고 한다) 떨며 첫발을 내디뎠다. 낯선 미지의 세계로, 새로운 삶을 꿈꾸며. 슬프게도 그들의 여행은 그리 길지 않았다. 채 한나절도 계속되지 못했으니까. 원숭이들은 모두 잡혔고, 실험실에서 안락사당했다. 왜 죽어야만 했는지는 알 수 없지만―연방질병통제센터는 그 이유를 말해주지 않았다―어쨌든 그들은 그렇게 떠났다. 어딘가에 있을지도 모를 원숭이들의 별을 향해.

다만 한 가지 바람이 있다면, 그 별엔 따뜻하고 부드러운 파도가 밀려왔다 밀려가는 해변이 있고 그 너머론 잣이 주렁주렁 열리는 나무가 그득하며 그늘엔 멋진 책상과 의자가 있어서 원숭이들이 무엇을 타이핑하든 아무도 뭐라 하지 않을 자유가 넘쳐나기를.

밤의 약국

밤의 약국

에드워드 호퍼의 「밤의 약국」이란 그림을 본다. 어두운 길모퉁이에 홀로 불을 밝히고 선 약국. 창유리엔 'EX-LAX'라는 변비약 광고 문구가 크게 붙어 있다. 그림 속에 사람이라곤 보이지 않지만, 안엔 누군가가(아마도 약사가) 서 있겠지?

예전엔 약국이 밤 10시까지 문을 열었었다. 밖은 군청색 어둠으로 가득한데, 환자는 거의 오지 않았다. 그래도 그 시간까지 문을 연다는 건 일종의 약속이었기 때문에 나는 책을 읽으며 앉아 있곤 했다. 그땐 까꿍이도 같이 있었는데, 녀석은 의젓한 모습으로 매대 옆에 앉아 밖을 노려보았다. 겨우 5킬로그램밖에 안 되는 강아지가 셰퍼드라도 되는 양 의기양양하게 약국을 지켰던 거다.

하루는 문을 닫고 퇴근하려는 찰나 두 명의 남자가 들어왔다. 그 시간에 오는 이들은 대부분 '술약'을 사러 오는 거였다. 다음 날 출근하려면 간장약과 자양강장제 드링크를 마시고 조금이라도 몸을 회복해야 하는 사람들.

그런데 그들이 들어서기가 무섭게 까꿍이가 온몸의 털을 곤두세우고 무섭게 짖기 시작했다. 녀석은 그 사람들의 어딘가에서 위협적인 뭔가를 감지했던 걸까. 물론 그 두 사람은 간장약과 드링크만 사서 마시고 조용히 약국을 떠났다.

밤에 약국에 있으면 세상이 무슨 색인지 알게 된다. 그러니까 세계는 사실 검푸른색이거나 짙은 남보라색이고 낮의 온갖 다채로운 빛깔은 그 어둠을 덮기 위한 위장에 불과하다는 생각? 어디에 있었는지도 알 수 없던 존재들이 밤이 되면 여기저기서 나타났고, 환한 대낮을 걷듯 거리를 활보했다. 언젠가 내 소설 『무한의 책』에서 난 편의점이 밤이라는 바다를 밝히는 등대라고 썼지만, 오래전엔(왜냐하면 그땐 지금처럼 편의점이 많지 않았으니까) 약국이 그 등대였다.

하긴, 밤에 불이라곤 다 꺼진 쓸쓸한 거리에서 혼자 빛을 밝히고 있는 약국이 어쩌나 등대 같았던지, 한때 나라에선 약국마다 문 앞에 '청소년 지킴이 시설'이라는 작은 표지판을 붙이게 했다. 위기에 처한 아이가 약국으로 대피하면—약사가 그 애를 보호하는 동안—경찰이 출동해서 안전하게 데려간다는 원대한 계획을 세웠던 거다. 하지만 약국을 청소년 지킴이 시설로 활용한다는 아이디어는 별 효과 없이 끝나버리고 말았다. 내가 그 동네에서 약국을 운영하던 2년 동안에도, 실제로 위험을 피해 뛰어들어온 청소년은 단 한 명도 없었으니까. 다만 딱 한 번, 어느 깊은 밤, 한 아이가 약국으로 들어오긴 했었다.

그 애는 문을 밀고 들어오더니 말없이 두리번거렸다. "뭐 찾는 거라도 있어요?" 내가 묻자, 아이는 "여기가 청소년 지킴이 시설 맞죠?"라고 물었다. 난 그렇다고 하며 혹시나 하는 마음에 밖을 내다보았다. 다행히 아이를 뒤따라온 듯 보이는 사람은 어디에도 없었다. "여기가 청소년 지킴이 약국은 맞는데, 무슨 일로 그러니?" 내 물음에 아이는 고개를 푹 숙이며 말했다. "사실은 죽고 싶어서…… 상담을 하려고요." 그제야 나는 그 애가 '청소년 지킴이'의 의미를 다르게 이해했음을 알았다.

어쩌면 아이를 지금 만났더라면 더 좋은 이야기를 들려줄 수 있었을까. 하지만 그때의 난 너무 어렸고 그래서 죽고 싶다는 중학생 아이에게 뭐라고 말해야 하는지 알지 못했다. "일단 여기 앉을래?" 아이를 의자에 앉히고는, 비타민 음료를 하나 꺼내서 건넸다. "이것 좀 마시면서 잠깐 기다리렴."

아이가 음료를 마시며 약국을 둘러보는 사이, 전화번호부를 꺼내 여기저길 뒤졌다(예전엔 '전화번호부'라는 두꺼운 책자가 있었고 거기엔 시내에 있는 수많은 가게와 약국, 병원들의 상호와 전화번호, 주소가 적혀 있었다. 내가 알기론 그보다 더 전에는 그 도시에 사는 사람들 전체

의 이름과 번호까지 다 나와 있는 엄청나게 두꺼운 전화
번호부도 있었다). 그런 다음 조그만 메모지에 어떤 청소
년 상담센터의 번호를 적었다. 아이에게 전문적인 상담
이 가능한 곳을 추천해줄 생각이었다. 그런데 음료를 홀
짝홀짝 마시던 아이가 먼저 입을 열었다.

"저는…… 왜 살아야 하는지 모르겠어요."

그 순간 난 말문이 막히고 말았다. 온갖 미사여구와
아름다운 이야기들, 듣기만 해도 눈물이 흐를 듯한 감동
적인 에피소드, 몸과 마음을 치유해준다는 좋은 생각들,
이런 게 아무것도 떠오르지 않았다. 한동안 멍하니 있다
가 그저 건넨 말이 "혹시 누가 괴롭히기라도 하니?"였다.

사실 그즈음엔 학교폭력이 큰 사회문제였다. 약국을
'청소년 지킴이 시설'로 지정한 것도 그 때문이었고, 나
쁜 애들에게 쫓기다 갈 곳이 없으면 약국으로 피신하라
는 의미였으니까. 아이는 내 질문에 고개를 저었다. 그러
다가 안쪽에 오도카니 앉아 있던 까꿍이를 보더니 살짝
미소 지었다.

"약국에 강아지가 있네요?"

"응. 사실은 너구리야."

이렇게 대답하면서 난 속으로 당황했다. '아아, 이런
순간에 썰렁한 농담이라니.' 하지만 그 애는 재밌다는
듯 웃었다. "만져봐도 되나요?" 까꿍이는 아이가 쓰다듬
는 동안 그저 가만히 있었다. 귀를 뒤로 부드럽게 젖히

는 걸 보니 기분이 좋아 보였다. 그리고 우린 별로 중요하지도 않은 대화를 나눴다. 진짜 별것 아닌 이야기들. 한참 만에 아이는 의자에서 일어섰다. "이제 가볼게요." 가방을 메는 아이에게 나는 머뭇대며 종이를 내밀었다. 좀 전에 적어둔 상담소 번호였다. "혹시…… 나중에 힘들면 여기에 전화해볼래?" 아이는 쪽지를 받아서 잠시 들여다보더니 잘 접어 주머니에 넣었다. "고맙습니다. 까꿍아, 잘 있어!" 그러고 나서 아이는 밤 속으로 달려나갔다. 그날도 바깥은 짙고 푸른 남색이었다.

호퍼의 그림을 보면 오래전 그때가 떠오른다. 밤늦게까지 불을 켜고 있던 약국. 나는 밤을 지키는 듯한 기분이었고, 어둠은 내게 세상의 작은 틈을 보여주었지. 아침이 되고 해가 비쳐들면 서서히 닫혀버릴, 아주 좁고도 가느다란 틈을.

하늘을 나는 소년

오래전 잠시 일했던 약국에선 점심에 짜장면을 자주 시켜 먹었다. 그곳은 선배가 운영하는 약국이었는데, 그 즈음 다니던 종합병원 약제과를 그만두고 쉬고 있던 나는 몇 달간 거기서 관리약사로 근무했다.

선배는 독실한 기독교 신자였고, 그래서 툭하면 러시아 등지로 선교 여행을 떠났다(이미 정교회가 굳건히 자리 잡은 러시아로 왜 굳이 선교를 하러 가는지는 알 수 없었지만, 하여튼 선배는 러시아에 몇 번 다녀 왔다). 그럴 땐 혼자 근무했는데, 약국은 한가했고 나는 바로 옆 비디오가게에서 빌려 온 영화잡지 『키노』를 읽으며 시간을 보냈다.

약국은 변두리 아파트 상가에 있었는데, 그 위층에 중국집이 있었다. 난 주로 거기서 짜장면을 시켰고, 그래선지 간혹 짜장면을 배달하던 소년이 약국에 와서 약을 사가곤 했다. 소년은 그때 열일곱 살이었지만 학교는 다니지 않았고 머리는 반은 하늘색, 반은 노란색이었다. 자연스럽게 소년은 배달하는 이야길 들려주었다.

학교는 어떻게 했니? 내가 묻자, 관둔 지 오래되었어요. 짤렸죠, 뭐. 하며 웃던 그 아이는, 중국집에서 일하게된 게 아는 형의 주선 덕분이라고 했다. 자기는 〈철가방 조기 축구회〉의 일원으로 뛰고 있다고 자랑하기에, 속으로는 '철가방 조기 축구회도 있다니'라며 놀랐지만, 겉으로는 마치 다 알고 있다는 표정을 지으며 들었다. 그리고 또 여자 친구가 있는데 그 아이 역시 중학교를 그만뒀다는 것과 둘이 같이 살고 있는 거나 마찬가지라는 이야기도 들었다.

소년이 가장 억울해하던 것은 버스 요금이었는데, 같은 나이라도 학생은 할인이 되지만 자기처럼 퇴학당한 아이들은 어른 요금을 내는 게 이해되지 않는다는 것이었고, 듣고 보니 나도 이해가 가지 않아 고개를 끄덕였다 (그땐 아직 '청소년증'이 생기기 전이다).

그해 추석 전날, 소년은 약국에 들렀다. 그동안 모은 돈으로 시골에 사는 엄마에게 새 텔레비전을 사 갈 거라고 말하면서 어찌나 환히 웃던지, 나는 두고두고 그 웃음을 생각했다. 텔레비전을 사 갔을까? 사고만 치던 아들이 그래도 돈을 벌었다며 사 온 텔레비전을 보고, 그 엄마는 어떤 표정을 지었을까?

추석 연휴가 지나고 짜장면을 시켰을 때, 소년 대신 주인아저씨가 왔다. 소년이 추석 이후 돌아오지 않았다는 거다. 아마 안 돌아올 거예요. 그런 애들은 원래 그렇거든요. 아무 때나 안 오고, 자기들 내키는 대로라니까요. 아저씨는 별로 놀랄 일도 아니라며 말했다.

어쩌면 소년은 추석 연휴에 시골에 갔다가 더 폼나는 배달 일로 직업을 바꿨을지도 모른다. 아마도 피자 배달 같은 것으로. 그 아이는 정말로 '폼'을 중요하게 여겼으니까. 그는 스쿠터보다 더 큰 오토바이를 몰고 싶다고 했고, 좀 더 큰 엔진음을 내며 달리고 싶다고도 했다. 철가방을 싣고 갈 때 옆으로 큰 오토바이가 지나가면 기가 죽는다고 한숨을 쉬었다. 피자 배달이 훨씬 폼나거든요, 라고 말할 때 소년의 눈엔 갈망이 보였다.

그리고 지금은?

지금 그 소년은 무엇을 하고 있을까?

벌써 20년이 훌쩍 지났는데.

오늘 오후, 갑자기 그 소년이 궁금해졌다. 혹시 아침에 기침 시럽을 먹은 탓일까. 왜냐하면 그 아이는, 언젠가 기침약인 러미라(강력한 진해제인 이 약의 성분은 덱스트로메토르판이며, 지금은 마약류 중 하나인 향정신성 의약품으로 지정되어 있다)를 잔뜩 삼키고 신나게 하늘을 날아다녔다고 얘기한 적이 있기 때문이다. 그런데 깨어나 보니 논바닥이더라고요. 추워서 죽는 줄 알았어요. 겨울이었거든요. 그러면서 소년은 정말 하늘을 날기라도 하듯 두 팔을 퍼덕였다.

지금은 반드시 처방전이 필요하지만, 한때 덱스트로메토르판은 아무나 살 수 있는 기침약이었다. 대표적인 상품명은 '러미라'. 그 자체로는 비마약성이고 습관성도 없지만, 양귀비의 주성분인 모르핀에서 유도한 약물답게 한꺼번에 수십 알을 먹으면 온갖 기괴한 환각에 빠져들 수 있는 약이었다. 그리고 소년 같은 아이들은 약국을 돌아다니며 (혹은 불법적인 루트로) 러미라를 사 모아서는 다 같이 모여 술에 타 마시곤 했다. 결국 그런 오남용 때문에 특별관리의약품이 됐고, 2003년에 향정신성의약품으로 지정됐지만 말이다.

그래서 어떻게 했니?

뭘요?

논바닥에서 깼을 때.

어떻게 하긴요, 그냥 집에 갔죠. 달리 갈 데도 없잖아요.

그러던 소년이 만약 아주 어엿한 어른이 되어 4대 보험료를 꼬박꼬박 착실하게 내며 살고 있다면, 그건 참으로 좋은 일이고 세상은 살 만한 곳일 거다. 어머니에게는 엄청나게 커다란 UHD TV를 사다 드리고 지나가는 스쿠터를 보면 오래전 어느 날을 떠올리며 빙긋이 미소 짓는 그런 어른.

뇌싱, 뇌신, 뇌-신

만나면 기분 좋아지는 사람이 있다. 약국에서도 매한 가지이다. 그리고 그 할머니는 바로 그런 사람이었다. 아파서 약을 사러 오면서도 찡그린 얼굴을 하는 법이 없고 "이쯤이야, 뭐" 이러면서 따뜻하게 웃으니까.

할머니는 약국에서 그리 멀지 않은 마을 초입에서 작은 슈퍼마켓을 운영했다. 한번은 그 앞을 지나갈 때 할머니가 동네 사람들과 평상에 어울려 앉아 웃고 있는 걸 보았다. 물론 시골은 아니었고 그래서 평상 옆에 아름드리 느티나무가 있는 것도 아니었지만, 그 좁은 골목이 시끌벅적하던 순간이 생생히 떠오른다. 아마 요즘 같은 늦가을이었을 거다.

곧 겨울이 왔고 한동안은 감기 환자들로 정신이 없었다. 그러다가 퍼뜩 생각해보니 그 할머니가 안 온 지 한참 되었다는 것을 알았다. 무슨 일일까? 때로 오랫동안 오지 않은 노인들의 죽음을 나중에 듣는 경우가 있었다. 주로 그 가까운 이웃이나 아들, 딸을 통해서였다.

"그분, 돌아가셨어요."

그들은 담담하게 혹은 여전히 슬픔에 잠겨 말했는데, 그런 소식을 듣고 나면 나 역시 온종일 일이 손에 잡히지 않았다. 죽은 노인이 생전에 약국에 앉아 있던 모습이 떠오르고 주머니에서 주섬주섬 돈을 꺼내던 검버섯 투성이의 투박한 손이 생각났다.

나는 그 할머니에게도 안 좋은 일이 생긴 건 아닌지 불안해졌다. 그 주 토요일 오후 일부러 할머니의 슈퍼마켓 앞을 돌아서 퇴근했다. 평상은 텅 비었고 슈퍼마켓 문도 닫혀 있었다. 누군가에게 물어보고 싶었지만 지나는 이라곤 아무도 없었다.

할머니는 이듬해 봄이 되어서야 약국 문을 열고 들어섰다. 따뜻한 봄은 아니었고 여전히 찬바람이 부는 3월 초 어느 흐린 날이었다. 처음엔 그 할머니가 아닌 줄 알았다. 둥글고 통통했던 얼굴이 홀쭉하게 변하고 볼이 움푹 꺼져 있었다. 몸을 잔뜩 움츠려서 한층 더 왜소해 보이는 누군가가 "오랜만이지?" 하면서 들어오길래, 잠깐 자세히 봤을 정도다.

'아, 살아 계시는구나!'

반가운 마음에 나도 모르게 할머니 손을 잡았다. 역시나 거칠거칠했다. 그렇지만 따뜻했고, 살아 있는 사람의 온기가 감돌았다.

할머니는 '뇌신'을 달라고 했다. 아니, 정확히는 이렇게 말했다.

"뇌싱 좀 줘."

마이신을 마이싱이라고 하듯, 노인들은 두통약인 '뇌신'을 자주 '뇌싱'이라고 발음했다.

지금도 뇌신을 아는 이들이 있을까? 약포지에 1회분씩 포장된 하얀 가루약이 조그만 종이상자에 10봉씩 담겼는데, 겉엔 찡그린 남자의 얼굴이 그려져 있고 '뇌-신. 두통약, 치통약'이라고 적혀 있던 진통제. 옥수수 전분으로 된 가루엔 아세트아미노펜 300밀리그램과 카페인 30밀리그램이 들었는데, 요즘 백신 접종 후 발열이나 통증에 먹으라고 해서 품귀 현상까지 빚은 타이레놀의 주성분이 바로 이 아세트아미노펜이다.

"어디 아프세요?"

뇌신을 건네며 물었을 때 할머니는 아무 대답도 하지 않았다. '하긴, 귀가 잘 안 들릴 수도 있으니까.' 그런 생각을 잠시 했던 것도 같은데, 그때 아주 작은 목소리가 들려왔다.

"……죽었어."

하던 일을 멈추고 난 다시 물었다.

"네? 누가요……?"

할머니는 허공을 보며 천천히 이야기했다. 나에게 하는 것 같지도 않았고 그렇다고 독백을 하는 것 같지도 않았다.

죽은 사람은 할머니의 손자였다. 그는 여름에 입대했는데 그로부터 몇 달 지나지 않은 지난 초겨울 어느 새벽, 군에서 전화가 걸려왔다는 거다. 가족들은 부랴부랴 부대로 갔지만 할머니는 죽은 손자의 얼굴도 보지 못했다.

"그냥 딱 유골함 하나만 받아왔어. 왜 죽었는지, 어떻게 죽었는지, 그걸 아직도 몰라."

얘기하는 내내 할머니는 눈물을 흘렸다. 나는 섣부른 위로조차 할 수 없어 그 앞에 가만히 서 있기만 했다.

"차라리 내가 죽었어야 했는데."

그 후로 할머니는 껍데기만 남은 사람처럼 되었다. 뇌신을 살 때만 약국에 들렀는데, 그러다가 차차 뜸해지더니 아예 오질 않았다. 마지막으로 지나다가 본 슈퍼마켓은 어두컴컴했고 평상엔 먼지가 쌓여 있었다.

예전에 처음 약국에서 일할 때, 난 뇌신이나 명랑, 뇌선(모두 같은 진통제들이다. 성분도 같고 제형도 같은 약들)을 자주 사 가는 노인들에게 이렇게 말하곤 했다.

"이거, 너무 많이 드시면 안 돼요. 간에 안 좋을 수 있거든요."

하지만 아세트아미노펜 300밀리그램과 카페인 30밀리그램을 먹어서 나아지는 것이 몸의 통증만일까? 마음이 아플 때도 누군가는 진통제를 먹을 수밖에 없다는 사실을 알기엔 내가 너무 어렸던 건지도 모른다.

아까 병원 일을 마치고 나오다가 등을 둥글게 구부린 할머니를 마주쳤다. 그 할머니인가? 당연히 아닌 걸 알면서도—왜냐하면 그로부터 20년이 흘렀고 여긴 다른 도시니까—뒤를 돌아봤다. 집에 와서 뇌신이 아직 나오는지 찾아봤다. 반갑게도 그 약은 여전히 생산되고 있었다. 이제는 작은 종이상자가 아니라 커다랗고 둥근 플라스틱 통에 100포씩 담겨 있었지만.

어떤 사람

오래전 이 도시엔 박스맨이라는 사람이 살았다. 그는 비쩍 말랐고 얼굴이 검었는데 늘 어디서 주운 것 같은 옷을 입고 다녔다. 박스맨이라고 불린 이유는 그가 리어카를 끌고 다니며 도시 구석구석의 박스를 주웠기 때문이다.

사람들 중에 박스맨을 모르는 이는 없었지만 그의 본명을 아는 이는 단 한 명도 없었다. 다만 그가 생각보다 젊다는 것을 우리 약국 직원에게 들어서 알고는 있었다. 직원 말로는, 그가 한참 전에 (그땐 아직 내가 그 약국을 인수하기 전이었는데) 두통약을 사간 적이 있는데, 그때 무슨 연유에선지 주머니에서 주민등록증을 꺼내 보여줬다는 거다. 그게 벌써 10여 년도 더 전의 일인데, 당시 박스맨은 겨우 20대 중반 정도밖에 안 된 남자였다. 하지만 찡그린 듯 웃고 있는 얼굴은 묘하게 나이 들어 보였고, 그래서 주민등록증 얘길 듣기 전까진 적어도 마흔은 훌쩍 넘지 않았을까 생각했었다.

도시에서 박스맨이 유명했던 이유는 그가 춤추기를 좋아한 탓이었다. 종이 상자가 가득한 리어카를 힘겹게 끌고 가다가도 어디선가 음악 소리가 들리면 박스맨은 달려가 춤을 췄다. 어떤 가게가 새로 문을 열면, 그 앞엔 항상 박스맨이 있었다 해도 과언이 아니다. 요즘엔 드물지만 전엔 상가를 오픈하면 도우미(라고 불리던 사람)들이 흥겨운 음악에 맞춰 춤을 추곤 했는데, 그 틈에 어수룩한 차림의 박스맨이 꼭 같이 껴서 춤을 추고 있었다. 도우미들은 이상한 분위기의 추레한 사람이 자기들과 함께 춤추는 것이 마음에 들지 않는 눈치였다. 때론 그중 누군가가 박스맨에게 "저리 가"라고 말하기도 했다(왜 그랬는지는 모르겠지만, 그때 사람들은 대부분 박스맨에게 반말로 말했다). 하지만 박스맨은 좌절을 모르는 춤꾼이었다. 그 누가 뭐라고 해도 그저 히죽이 웃으며 신나게 춤만 췄으니 말이다. 대선이든 지방선거든, 선거가 있을 즈음이면 도시 이곳저곳은 박스맨의 독무대가 됐다. 그토록 춤과 음악을 사랑하던 박스맨에게 선거철만큼 행복한 계절이 또 있었을까. 사방에서 들리는 노래에 맞춰, 그는 내 편 네 편 가리지 않고 여기저기 끼어서 즐겁게 춤을 췄다. 역시 그럴 때도 선거운동원 중 누군가는 박스맨에게 "저리 가라니까"라고 외치곤 했다. 그러나 박스맨은 결코 자리를 피하지 않았다. 마치 아무 잔소리도 들리지 않는다는 듯 계속해서 춤출 뿐이었다.

박스맨은 우리 약국에도 잘 들렀다. 대로변에 있지 않아서 리어카를 끌고 가다 잠시 세우고 들어오기 편했기에 자주 왔던 건지도 모른다. 어쨌든 그는 약국 문을 밀고 들어오면 먼저 고개를 깊이 숙여 인사했다. 그러고는 뒷머리를 긁적이며 "커피 좀……" 하는 것이었다. 약국엔 환자들이 언제든 뽑아서 마실 수 있도록 커피자판기를 한 대 놔두었는데, 박스맨은 매번 그걸 마시러 왔다. 처음 그가 왔을 때 나는 그러라고, 커피는 언제든 와서 뽑아 마시라고 했는데, 어떤 날은 하루에 두 번을 들른 적도 있었다. 하지만 주로 들르는 시간은 아침이었고, 도대체 어디서 먹고 자고 하는지는 모르겠지만 무척 일찍 일어난 걸로 보이는 박스맨은(왜냐하면 유리문 밖으로 보이는 리어카엔 이미 박스가 꽤 많이 쌓여 있었으니까) 종이컵에 든 따뜻한 믹스커피를 두 손으로 감싸 쥐고는 "감사합니다"라고 인사하며 밖으로 나가곤 했다. 하루는 박스맨이 또 와서 커피를 달라고 했는데, 이번엔 한꺼번에 두 잔을 뽑아가도 되냐고 물었다. 그때 약국 직원 중 하나가 장난스럽게 "왜? 여자 친구 생겼어?"라고 물었더니 박스맨은 정말로 부끄러워했다. 그는 가타부타 대답하지 않고 그냥 종이컵 두 개를 들고 얼른 밖으로 나갔다. 하지만 유리문 밖에 여자 친구로 보이는 이는 없었고, 결국 그가 왜 그날 두 잔의 커피를 뽑았는지는 끝내 알지 못하고 말았다.

약국을 그만두고 1년쯤 지났을 때, 박스맨이 죽었다는 소식을 들었다. 왜 죽었는지, 어떻게 죽었는지, 정말로 죽은 건지는 아무도 몰랐다. 어떤 이는 그가 다른 노숙자들에게 맞아서 죽었다고 했고(그는 떠돌이였고 약간 지능이 낮았다. 그리고 세상은 그런 이들에게 결코 따뜻하지 않다). 어떤 이는 그가 본래부터 지병을 앓고 있었다고도 했다. 어떤 이는 그가 그저 이 도시를 떠난 거라고 했는데, 나는 왠지 그 말이 믿고 싶었다. 더 많은 음악이 울려 퍼지고 더 많이 춤출 수 있는 더 좋은 장소가 있다면, 그가 거기 가지 말아야 할 이유는 없으니까. 그해 지방선거가 있었는데, 난 길을 지나다니며 혹시 선거운동원들 틈에 껴서 춤을 추는 마르고 체구가 작은 사람이 없나 자세히 살폈다. 그렇지만 그는 그렇게 홀연히 가버렸고 다시는 나타나지 않았다.

오늘, 눈이 내리더니 거리와 골목은 온통 회색이 되었다. 눈 쌓인 폐지와 박스를 보자, 아주 오래전 이곳에 살았던 한 사람이 떠올랐다.

그러고 보면 도시엔 사라져가는 이야기들이 너무나 많다.

나는 그 이야기들을 기록하고 싶다.

다른 우주에서의 칼국수

이런 날은 이 조태 칼국수만이

저 을씨년하고 어두운 날씨를 이길 수 있다.

고형렬 시인은 「조태 칼국수」라는 시에서 이렇게 읊었다. 그리고 나는, 한 번도 먹어보지 못한 음식임에도 불구하고, 오늘 같은 날이면 언제나 조태 칼국수 생각에 입맛을 다신다.

비 오고 바람 부는 11월. 창밖으로 보이는 하늘은 온통 회색이고 멀리 치악산엔 구름이 가득 내려앉은 날. 그냥 집 안에 가만히 앉아만 있어도 왠지 추운 기분에 어깨를 움츠리게 되는, 그야말로 마음의 뼛속까지 스산해지는 어두컴컴한 날. 난 눈을 감고 주낙으로 잡아 올린 조그만 명태를 상상한다(주낙으로 잡은 작은 명태를 조태라 한다는 것을, 오래전 사전에서 찾아본 적 있다). 그것을 하나씩 떼어내는 어부들의 빠른 손놀림. 포구에 걸어둔 냄비에선 뜨거운 하얀 김이 뭉게뭉게 피어오를 거다. 좀 더 오래 눈을 감고 있노라면, 서서히 퍼지는 구수한 냄새가 코끝에 와닿는다. 매년 요맘때쯤이면 그렇게 상상 속의 국수 한 그릇을 후루룩 먹었고, 어느새 조태 칼국수는 내 영혼의 음식 리스트에 추가되었다. 만두, 라면, 카레에 이어서 말이다.

그러고 보면 비록 조태 칼국수는 먹어본 적 없지만, 황태 칼국수는 서너 번 맛을 보았다. 조태 대신 황태를 넣어서 끓인 게 황태 칼국수인데, 예전에 원주 시내엔 황태 국물에 칼국수와 만두를 끓여 내는 오래된 식당이 하나 있었다. 하루는 거기서 어떤 할머니와 마주 앉아 칼국수를 먹었다. 약국에 자주 오던 할머니인데, 긴히 할 이야기가 있다며 어디 가서 국수라도 한 그릇 먹지 않겠느냐고 부탁했기 때문이다. 저녁이면 문을 닫고 집에 가야 하는데, 할머니 표정이 너무 간곡해서 거절할 길이 없었다. 결국, 할머니를 따라 구시가지 골목길 어딘가에 있는 작은 칼국숫집에 가게 되었다.

"여긴 황태 칼국수가 맛있어. 내가 살 테니 많이 먹어."

할머니는 황태 칼국수 두 그릇을 주문했는데, 곧 나온 음식을 보고 깜짝 놀랐다. 엄청나게 큰 대접에 국수가 한가득 담겨 있고 위엔 김가루와 깨소금이 산처럼 올려져 있었다. 그릇에선 뜨거운 김이 피어올라서 테이블 위엔 안개가 낀 듯 서로의 얼굴이 잘 보이지 않을 지경이었다. 그 안개 너머로 할머니가 말했다.

"약사님이 내 재산을 좀 맡아서 관리해주면 좋겠어. 부탁이야."

국물을 맛보려 숟가락으로 뜨다 말고 도로 내려놓았다. '재산을 관리해달라니. 대체 어떤 사연이 있기에 생판 남인 나에게 이런 부탁을 하는 거지?' 따위의 궁금증보다는, '재산 관리'라는 표현의 무게감이 먼저 압도해왔다. 추레한 옷차림으로 다니던 저 할머니가 사실은 자산가였단 말인가. 뭐라고 대답을 하기도 전에 할머니는 계속해서 이야기했다.

"딸이랑 사위가 내 돈을 노려. 틈만 나면 와서 가져가려고 한다니까."

헉, 그렇다면 말로만 듣던 부잣집 가족 간의 재산 다툼? 여기까지 생각이 미치자 문득 두려움이 밀려왔다. 뭔가 어물어물하다가는 안 좋은 일에 휘말려 들 것 같은 불길한 예감이라고 할까(아마도 너무 많은 추리소설과 스릴러물을 읽고 본 탓이리라). 여하튼 난 최대한 정중하게, 할머니가 마음을 다치지 않도록 조심해가며 거절했다.

"아무래도 돈은 직접 관리하시는 게 가장 안전할 것 같아요. 혹시 어떤 법률적 도움이 필요하다면 제가 알아봐 드리는 정도까진 할 수 있지만, 맡아서 관리하는 건 아닌 듯해요."

할머니는 한 젓갈도 뜨지 않은 칼국수 그릇을 앞에 놓

고 실망감이 역력한 낯빛을 감추지 못했다.

"어떻게 안 될까? 불안해서 잠이 안 와서 그래. 이게 어떤 돈인데. 젊을 때 부산에서 하꼬방 짓고 칼국수 장사하면서 모은 돈이야. 한때는 진짜 살 만했는데…… 이젠 다 잃고 요거 남은 거거든."

그러면서 할머니가 겉옷 안쪽 여기저길 주섬주섬 뒤지기 시작했다. 곧 조그만 천으로 된 복주머니 같은 걸 꺼냈다. 주머니 입구를 조이고 있던 끈을 풀더니 통장과 도장을 내 앞에 내놓았다.

"봐. 내 전 재산이야."

잠시 망설인 끝에 나는 통장을 열었다. 수십 년은 가지고 다녔던 듯 표지가 다 해진 통장을 펼치고는, 꽤 오래도록 가만히 바라보았다. 할머니의 통장엔 백만 원 좀 안 되는 금액이 찍혀 있었다.

할머니는 마침내 내 의견에 수긍했다. 재산은 본인이 직접 관리하되, 만약 어떤 문제가 생기면 언제든 약국에 와서 도움을 청하기로 합의를 본 것이다. 낡고 오래된 주머니 속 돈이 안전해졌단 생각에 기분이 좋아졌는지, 할머니는 국수 국물을 마시며 들뜬 목소리로 미래에 대해 얘기했다. 통장에 돈을 모으는 이유는, 다시 한번 하꼬방을 짓고 젊었을 때처럼 장사를 해보고 싶기 때문이라고 했다.

"그땐 정말 즐거웠거든. 살아 있는 것 같았지."

나는 국수를 먹으며 중간중간 고개를 끄덕였다. 할머니는 나중에 같이 동업을 하자는 말까지 했는데, 듣고 있노라니 나까지 판잣집 식당의 주인이 된 기분이었고, 정말로 할머니가 언젠가는 소원대로 작은 음식점을 차릴 수 있을 것만 같았다.

국수를 다 먹고 돈을 내려 하자, 할머니는 약간 언성을 높였다.

"이건 내가 사줘야 해."

결국 나는 지갑을 도로 넣었고 할머니는 이번에도 이쪽저쪽 주머니를 뒤진 끝에 꼬깃꼬깃 접어놨던 만 원 한 장을 주인에게 내밀었다. 그때도 11월이었던가. 10여 년도 더 된 일이라 잘 기억나진 않는다. 다만 밥을 먹고 나왔을 때 사람 하나 없던 구시가지의 어둠이 춥게 느껴지던 것만은 생생하다.

할머니는 그 후로 몇 번 더 약국에 들렀다. 한번은 우리 둘만 아는 어떤 비밀을 상기시키려는 듯 묘한 미소를 지어 보였는데, 이상하게도 그 미소를 끝으로 더는 오지 않았다. 아흔에 가까운 노인이 오지 않게 된다는 것, 그 의미를 곱씹으며 나는 자주 밖을 내다보았다. 동그랗게 등이 굽은 키가 작은 할머니가 길 건너편에서라도 지나가지 않는지. 하지만 보이는 거라곤 어둑어둑한 거리와 군청색으로 변한 저녁 하늘뿐이었다. 몇 달이 지났을 때, 문득 할머니는 그저 따뜻한 부산으로 다시 내려간 건지도 모른다는 생각이 들었다. 평생의 소원이던 칼국수 가게를 한 번 더 열기 위해서. 인상이 좋고 부지런하니 만약 식당을 차렸다면 분명 손님도 많겠지. 그렇게 믿기로 하자 진짜 그런 일이 일어나고 있을 듯했다. 이 우주가 아니라면 다른 우주에서라도.

고형렬 시인의 시「조태 칼국수」는 할머니가 다시는 약국에 오지 않게 되고도 두어 해가 더 지났을 때 처음 읽었다. 그때도 역시 11월이었고, 흐리고 추운 날씨에 비까지 내리는 날이었다. "눈이 우르릉거리는 사나운 날엔 국수를 해 먹는다"로 시작하는 아름다운 시. 나는 눈을 감았다.

그를 위한 중력가속도

약사 면허증을 받고 얼마 지나서 아버지의 고향에 들른 적이 있다. 그때 마을 어른 한 분이 굳이 할 이야기가 있다면서 할머니 댁까지 나를 찾아왔다. 그는 등이 굽고 눈이 컸는데 어릴 때부터 할아버지나 할머니 생신 잔치 때 자주 마주친 기억이 났다. 아직 눈도 덜 녹아 추운 길을 헤치고 온 그는, 날 보자마자 웃옷 안쪽에서 검은 비닐봉지를 꺼냈다. 구깃구깃해진 봉지 안에는 한 무더기의 약이 들어 있었다. 물론 내가 그 약이 뭔지 한눈에 알아봤을 리는 없다. 약대를 졸업한 지 겨우 한 달 남짓 되었고, 아직 임상에서 실제로 쓰이는 약을 거의 접해보지 못했을 때였다.

그는 어눌한 발음으로 그게 다 서울대학교병원에서 타 온 것들이라 했다. 그 당시는 아직 의약분업이 시행되지 않을 때여서, 병원에서 약을 직접 받을 수 있었다.

"어디가 아프셔서요?"

내가 묻자, 그는 이번에도 불분명한 발음으로 더듬더

듬 대답했다.

"파킨슨병이라는구나. 이게 나을 수 있는 병이 아니지?"

그제야 모든 게 이해됐다. 할머니 댁 마당으로 들어설 때의 흔들리는 듯한 발걸음, 어딘지 모르게 부자연스러운 몸짓, 그리고 알아듣기 힘든 말투까지.

나는 뭐라고 말하는 게 좋을지를 생각하며 약봉지만 들여다보았다. 헛된 희망을 줄 수도 없고, 그렇다고 사실을 말해줄 수도 없었다. 그는 이미 대답을 알고 있다는 듯 가만히 앉아 있을 뿐이었다. 방은 추웠고—아마도 구들장이 있는 아랫목은 따뜻했겠지만, 우린 윗목에 마주 보고 앉아 있었다—밖에선 까치인지 까마귀인지 알 수 없는 새소리가 구슬프게 들려왔다.

그날 무슨 얘길 했는지는 이상하게도 잘 떠오르지 않는다. 아마도 원론적인 설명, 그리고 의미 없는 위로 같은 걸 중얼거리지 않았을까.

그가 다시 돌아가려고 신발을 신을 때(그런데 또 신발은 생생히 기억난다. 검은색 고무 같은 재질에 발목 부분에 황색 털이 달린 그 신발은, 흙길을 오느라 잔뜩 지저분해져 있었다) 이런 말을 덧붙였던 것도 같다. "앞으로 좋은 약이 점점 더 많이 나올 거예요. 그러니 이번에 타 오신 약 꾸준히 드시면서 치료 잘 하세요."

그의 소식을 다시 들은 건, 그로부터 서너 해 후였다. 그해 겨울, 가장 추웠던 날, 눈이 가득 쌓인 산길에서 스스로 목숨을 끊은 그를 마을 사람이 발견했다는 거다. 그는 자기 부모님의 산소가 있는 선산 초입 큰 나무를 이승의 마지막 장소로 골랐다. 그러고는 모두가 잠든 새벽 홀로 눈길을 걸어간 것이다.

죽기 며칠 전, 그가 키우던 개가 새끼를 낳았는데, 그는 불편한 몸으로 어미 개와 강아지들이 따뜻이 쉴 짚을 가지러 나갔다고 한다. 짚을 한 아름 안고 돌아오던 그는, 그만 얼어버린 논두렁에서 미끄러져 넘어졌고 허리를 다치고 말았다. 파킨슨병에 더해진 허리의 극심한 통증이 그에게서 삶의 마지막 의지마저 앗아간 걸까. 어둡고 추운 겨울밤 혼자서 눈 쌓인 산을 올라 스스로 생을 마감한 사람의 내면을, 대체 누가 알 수 있을까.

얼마 전 장뤼크 고다르 감독의 죽음을 보며 오랜만에 '그'를 떠올렸다. 고다르는 존엄사의 일종인 조력자살로 세상을 떠났는데, 듣기로는 바르비투르산염을 투여받았다고 한다. 정확히 어떤 제품을 투약받은 건지는 모르지만, 스위스의 가장 유명한 조력자살 및 안락사 단체에서 사용하는 것은 '넴뷰탈'이라고 알려진 덴마크계 다국적 제약사의 수면진정제이며, 이 약의 성분 역시 바르비투르산염의 하나인 펜토바르비탈이다. 펜토바르비탈을 투여받은 사람은 서서히 정신을 잃으며 잠들 듯 삶을 끝내게 된다.

인간은 살아야 하고, 사는 것이 가장 중요한 가치이지만, 그럼에도 죽음을 선택할 수밖에 없는 사람들이 분명히 존재한다. 고통스러운 삶을 스스로 끝낼 권리를 달라고 투쟁했던 사람들의 이야기는 많은 생각을 하게 한다. 말기암이나 치료 불가능한 파킨슨병 등을 앓던 그들은 오직 한 가지만을 원했다. 평온하게 죽는 것. 독극물을 마시거나 목에 줄을 매거나 어딘가에서 뛰어내리지 않고, 가족들에게 둘러싸인 채 일생에 단 한 번뿐인 죽음을 조용히 맞이하는 것.

　만약 오래전의 그에게 넴뷰탈을 먹을 권리가 있었다면, 눈 쌓인 산길을 힘겹게 올라가 떨리는 손으로 나무에 줄을 걸지 않아도 되었을까. 그 줄에 온몸을 맡긴 채 엄청난 중력가속도로 죽음을 향해 낙하하지 않아도 되었던 걸까.

　그런데 도대체 이런 질문들에 정답이 있기는 한 걸까.

오직 렘브란트만이

　오직 렘브란트만이 도살꾼이자 장사꾼이며 또 성가대 지휘자이기도 한 늙은 할아버지가 빗방울과 손가락 자국으로 뒤덮인 더러운 창문 옆에서 당신의 아들이 연주하는 바이올린 소리를 들으며 하시는 생각을 알 수 있었을 것이다.*

　샤갈의 자서전에서 가장 좋아하는 문장이다. 빛과 그림자를 통해 영혼을 그려낸 위대한 화가 렘브란트만이 알 수 있는 인간의 내면은 어떤 것일까. 중요한 건, 결국 아무도 샤갈의 할아버지가 당신 아들의 바이올린 연주를 들으며 무슨 생각을 했을지 알 수 없으리라는 사실이다. 왜냐하면 렘브란트는 그보다 훨씬 오래전 세상을 떠났으니까.

　그리고 나는 지금 저기에 빗대어 이렇게 중얼거린다.

　"오직 그때 그 할머니들만이 내 귀에서 들리는 소리를

• 마르크 샤갈, 『샤갈, 내 젊음의 자서전』, 김동림 옮김, 책세상, 1998.

이해할 수 있겠지."

할머니들은 항상 커다란 배낭을 등에 메고 약국에 왔다. 약을 잔뜩 사서 가방을 가득 채우겠다는 일념으로. 할머니들이 가장 많이 찾는 약은 단연 판피린과 게보린, 활명수였다. 당연히 뇌신도 많이 찾았다. "난 이거 없으면 못 살아." 할머니들이 약을 사며 하는 말은 언제나 비슷했다. 어쩌면 할머니들은 모두 같은 이야기만을 하는 비밀 결사의 일원이 아닐까. 한때는 그런 의혹까지 품었을 정도다.

우리가 밥을 먹고 나면 커피를 마시듯 할머니들은 식사를 마친 뒤 활명수를 마셨다. "이걸 마셔야 소화가 되거든. 먹은 게 쫙 내려간다니까." 이때 할머니들이 말하는 건, 약국에서 흔히 파는 75밀리미터 용량의 '까스활명수'가 아니었다. 할머니들은 커다란 갈색 플라스틱병에 든 대용량의 '활명수'를 작은 컵에 따라 마셨다. 그것은 탄산이 들어 있지 않았고 맛은 더 진했으며 뚜껑을 열면 오묘한 향기를 풍기는 짙고 검은 액체였다.

하루는 소화가 안 되기에 약국에 있던 그 큰 활명수병을 열고 마셔보았다. 강렬한 계피와 온갖 향신료의 냄새가 영혼의 밑바닥까지 뒤흔들더니 끈적하고 달콤한 액체는 식도를 타고 천천히 흘러내려 위벽을 한 바퀴 휘감은 뒤 어디론가 스르륵 흡수되어버렸다. 별 기대를 하지 않고 마셨는데, 효과는 의외로 좋았다. 정말로 소화가 잘됐고 기분마저 좋아졌으니까. 그 후로 한동안은 나도 식후에 활명수를 작은 시럽용 컵에 따라 마셨다. 본래 마시던 커피보다 활명수를 더 좋아하게 된 것이다.

그때 나는 할머니들이 과장법의 대가라고도 생각했다. 이명 증세를 호소하며, 할머니들은 이렇게 말했으니까. "귀에서 커다란 바위가 굴러 내려와. 어떨 땐 쏴아쏴아 파도치는 소리가 들리기도 하고, 나무가 바람에 우수수 흔들리는 것 같기도 해. 정말 시끄러워서 아무것도 할 수가 없어. 무슨 좋은 약 없을까?" 그럴 때마다 나는 건성으로 고개를 끄덕이며 "아, 네, 그러세요"라고 대답했다. 하도 비슷한 얘기를 많이 들어서 그렇게 반응할 수밖에 없었다. 속으로는 '설마, 그런 소리가 들리려고. 과장도 심하시지'라고 중얼거렸다. 하긴, 누가 그런 얘기를 믿을 수 있을까? 귓속에서 바위가 굴러내리거나 산사태가 나고 폭풍우가 몰아치며 나무들이 황량하게 이리저리 흔들린다는 것을.

그때나 지금이나 약국에서 이명에 권할 수 있는 약은 은행잎 추출물 정도였다. 전문의약품은 어차피 처방전이 필요하고, 사실 이명을 앓아본 이들은 알겠지만, 그건 웬만해선 낫지도 않으니까.

그 할머니들을 다시 떠올린 건 얼마 전부터다. 배낭을 멘 작은 어깨, 동전과 지폐를 뒤적이며 꺼내는 투박한 손, 색색으로 화려해서 오히려 차분해 보이던 꽃무늬 바지. 만약 그분들을 만난다면, 이번에야말로 두 손을 부여잡고 다정한 얼굴로 이야기를 나눌 수 있지 않을까. 이명이라는 증세에 대해, 이명이 무엇인가에 대해, 어떻게 하면 이명을 조금이라도 낫게 할 수 있는가에 대해. 무엇보다도, 고요한 밤 자리에 누웠을 때 이명이 얼마나 사람을 시끄럽게 만드는가에 대해.

"맞아요, 맞아. 그 소리. 정말 돌이 막 굴러내리잖아요. 파도치는 소리는 또 어떻고요. 때론 매미 수천 마리가 한꺼번에 울어대기도 하죠. 거기에다 바람에 나뭇잎 우수수 흔들리는 소리는 어찌나 음산하고 황량한가요. 조용히 있을 때면 더 심하고, 그나마 어디선가 소음이 들려오는 게 나아서 언제나 음악을 듣고 있지요. 안 그런가요?"

하지만 이제 그분들은 너무나 먼 곳―시간 또는 공간, 혹은 시공간의 모든 면에서―에 있다. 그리고 지금 나는 "오직 그때 그 할머니들만이 알 수 있을 거야"라고 또 한번 중얼거리며 눈을 감는다. 내 안에서 들리는 건지 창밖에서 부는 건지 알 수 없는 스산한 바람 소리에 귀를 기울이며.

그리고, 삶은 계속된다

그녀는 언제나 립스틱을 붉게 바르고 있었다. 입술선에 맞춰 예쁘게 그린 것이 아니라 이리저리 번진 새빨간 입술이었다. 그리고 가부키 화장처럼 새하얗게 분을 발랐다. 얼굴에 가득한 깊은 주름마다 분가루와 땀이 뭉쳐 있는 모습은 그로테스크하기까지 했다.

약국에 올 때 그녀는 항상 남자와 함께였다. 남자 노인들은 그녀가 고르는 영양제를 사줬다. 보통 오만 원에서 십만 원 사이의 가격대였다. 그녀는 자기에게 약을 사준 노인과 밖으로 나갔지만, 매번 혼자 되돌아왔다. 매대 위에 영양제를 올려놓고는 반품할 테니 돈으로 돌려달라고 했다. 아무 말 없이 돈을 내주면, 그녀는 그 돈을 지갑에 넣고 약국 문을 밀며 나갔다.

하루는 점심을 먹고 오니 직원이 당황한 표정을 짓고 있었다. 매대 앞에선 예의 그녀가 소리를 치고 있는데, 들어보니 자기 돈을 내놓으라는 것이었다. 나는 "할머니, 무슨 돈을 말씀하시는 거죠?"라고 물었다. 그녀의 말인

즉슨, 오전에 여기서 두통약을 사면서 이만 원을 떨어뜨리고 갔다는 거였다. 물론 돈은 떨어져 있지 않았다. 하지만 난 그냥 돈을 내줬다. 옥신각신해봤자 결국엔 어떻게 될지 잘 알았으니까. 그런 사람과 말씨름을 하는 건 정말 피하고 싶었다. 그녀는 돈을 받으면서도 오히려 화를 냈다. 앞으로 다시는 여기서 약을 사지 않겠다고 고함을 치더니 문을 쾅 닫고 나갔다.

두어 달쯤 지난 어느 날 오후, 한창 바쁜 시간에 약국 문을 열고 그녀가 들어왔다. 웬일인지 화장을 하지 않고 머리도 다 헝클어져 있었다. 얼굴의 검은 반점과 주름이 적나라하게 드러나서 그냥 거리의 평범한 할머니처럼 보이는 그녀는, 이상하게 머리를 조아리며 매대로 다가왔다. 맨날 반말을 하더니 이번엔 "약사님⋯⋯"이라며 말문을 뗐다. 어쩐 일이냐고 묻자, 그녀가 가방에서 주섬주섬 종이 뭉치를 꺼냈다. 자세히 보니 눈이 빨갛게 충혈되고 부어 있었다. '이 할머니, 울었나?' 그런 생각을 하며 종이를 받았다. 하지만 거기 적힌 내용을 읽었을 땐 심장이 뛰어 견딜 수 없었다. 그건, 한 여자의 편지였다. 편지를 쓴 이는 할머니의 딸이었다. 수신인은 '존경하는 재판장님'. 글씨는 삐뚤삐뚤했고 그나마도 연필로 쓴 것이었다. 자기가 왜 남편을 죽였는지, 그날도 술을 먹고 들어온 남편에게 맞았는데 문득 정신을 차려보니 손에 칼이 들려 있더라는, 그런 내용. 그리고 한 번만

선처를 베풀어주신다면 진심으로 뉘우치고 새사람이 되겠다는 호소.

그녀는 내게 그 편지를 옮겨 써달라는 부탁을 하러 온 거였다. 변호사는, 살인을 저지른 그녀의 딸이 자필로 반성문을 써서 재판장에게 제출하면 좋을 거라고 권했다 한다. 그런데 자기 딸은 글씨를 너무 못 쓰니, 마침 생각난 사람이 나라는 것이었다. "약사님은 글씨를 잘 쓸 것 같아서……." 말꼬리를 흐리는 그녀에게 나는 편지를 도로 내주었다. 조제할 처방전은 쌓여 있고 몇 장이나 되는 편지를 옮겨쓸 시간은 없었다. 어쩌면 쓰기 싫었던 건지도 모른다. "할머니 지금 환자가 너무 많아서 해드릴 수가 없어요." 그런데도 그녀는 가지 않고 머뭇대며 약국 안을 서성였다. 그러다가 편지를 잘 접어서 가방에 넣더니 "미안하게 됐어"라고 하고는 밖으로 나갔다.

그날 저녁, 문을 열어두고 환기를 하며 그녀의 하얀 분가루와 닭목 같은 주름투성이 얼굴을 떠올렸다. 꾸깃꾸깃 접힌 편지, 글씨체, 유난히 흐린 연필심 같은 것들도 생각했다. 이해나 공감, 이런 말들이 얼마나 오만하고 주제넘은 표현인지를 생각했고, 뭔지 모를 기분으로 그녀의 삶을 상상했다.

그렇게 몇 달이 지나고 어느 추운 아침, 약국 문이 열리더니 귀에 익은 소리가 들렸다. 활기차고 애교 섞인 목소리. 그녀였다. 다른 남자 노인을 데리고 왔는데 역시

나 비싼 영양제를 고르는 것이었다. 조금 후 혼자 와서 환불받아 나가던 그녀가, 갑자기 뒤를 획 돌아보더니 한쪽 눈을 찡긋하며 윙크를 했다. 난 대체 누구에게 윙크를 보낸 건지 알 수 없었다. 그녀가 무엇을 보고 있는지도 알 수 없었다. 다만, 그 할머니가 어떻게든 살아가고 있다는 사실에 묘한 안도감 같은 것을 느꼈다.

그 후로 그녀는 다시는 약국에 오지 않았다. 정말 단 한 번도. 계절이 서너 번 바뀌도록 보이지 않던 그녀를, 나는 약국을 그만둔 뒤 길에서 만났다. 그녀는 여전히 화장을 진하게 하고 사람들 속에서 바삐 걷고 있었고, 나를 알아보지도 못했다. 그녀는 그저 앞만 보고 걸어가는 중이었다.

끊임없이 되풀이되는
불가능한 작별 인사

춘천에게, 안녕

춘천에는 보물 제22호인 7층 석탑이 있다. 고등학교 때 어느 토요일 오후(그때 주 6일 수업이었는데) 나는 집으로 가는 대신 반대 방향으로 가는 버스를 타고 7층 석탑을 보러 갔다. 종점에서 내린 다음 친구들과 함께 석탑까지 걸어갔다. 먼지 덮인 석탑은 작고 볼품없고 군데군데 허물어져 있었다. 하릴없이 주위를 빙빙 돌다가 버스를 타고 돌아왔다. 오는 길에 '펭귄'에 관한 논쟁을 벌였다. 한 친구가 '펭귄'이 확실하다고 우겼고 나는 '펭귄'일 거라고 주장했다. 그때 끼어든 다른 애가 '펭균' 아니냐고 했다. 옆에서 물끄러미 듣고 있던 할아버지가 "펭귄일 텐데" 하셨다. 아직 조커도, 배트맨도, 당연히 펭귄맨도 없던 시절이다.

학교에서 시내인 명동으로 내려오는 길은 닳도록 밟았다. 아침엔 그 길을 올라 학교에 갔고 저녁엔 같은 길을 내려와 '청구서적'이라는 서점에 갔다. 2층 서가 사이에 앉아 김용의 무협지를 읽었는데, 그러다 시계를 보면 어느새 야간 자율학습이 끝나는 시간이었다. 재미있는 책을 읽었다는 뿌듯함과 야릇한 죄책감이 뒤섞인 마음으로 돌아오면, 운동장에 내려앉은 하늘엔 별이 가득했다.

교대부속초등학교 옆에 있던 오래된 성당과 그 옆 골목길도 떠오른다. 봄엔 개나리가 활짝 피어서 온통 노란색인 길이었다. 거기서 큰길 쪽으로 나가면 오래된 상가들이 쭉 있었다. 6학년 땐 그중 어느 한 곳 철물점에 들러 연필꽂이 만들 재료를 샀는데, 아크릴판을 규격에 맞춰 잘라달라고 하니 주인아저씨는 아무 말 없이 슥슥 순식간에 잘라줬다.

고등학교 뒤로는 봉의산을 오르는 길이 있었다. 난 그 길도 좋아했지만, 반대편 소양호 기슭에서부터 시작되는 구불구불한 길을 더 많이 올랐다. 중간엔 작은 절이 있는데 매번 노승이 마당을 쓸고 있었다. 몇 년 후 다시 갔을 땐 절이 크고 화려해졌고 노승은 보이지 않았다. 두리번대다가 마당에 있던 낯선 스님에게 "전에 있던 분은 어디 계시나요?"라고 물었더니, 그가 퉁명스럽게 대답했다. "죽었어." 하긴, 어쩌면 가장 불교적인 대답이었던 걸지도 모른다. 그야말로 군더더기 하나 없는.

가장 좋아했던 길은 춘천댐 가는 방향으로 나 있던 작은 지방도로였다. 그 길을 따라 계속 가면 화천이었는데, 버스를 타면 울창한 나뭇잎들이 바로 손에 닿을 듯했다.

그러다 갑자기 앞이 확 트이면서 나지막한 산의 사면에 드문드문 자리한 농가들이 보였다. 적란운이 성처럼 높이 솟아오르다가 결국엔 와르르 비가 쏟아지던 그 길을, 나는 초록으로 가는 입구라고 불렀다.

무엇보다도 춘천은 안개가 많은 곳이었다. 초등 5학년 때 처음 춘천으로 이사했는데, 다음 날 아침 창을 여니 내가 안개 위에 둥둥 떠 있었다. 안개로 빽빽한 아침을 헤치고 학교에 갔고 봉의산에서 불어오는 바람 속에 집으로 왔다. 춘천에선 학교 다니는 내내 잠에 시달렸는데, 한참 뒤 약대를 졸업하고 나서야 그 이유를 알게 되었다. 호수가 많은 도시, 일교차가 큰 기후, 분지 지형 탓에 쌓이는 짙은 안개. 이 모든 게 호흡기에 좋지 않은 영향을 끼치고, 가뜩이나 알레르기 천식과 비염을 앓던 내겐 더더욱 안 좋았다는 것. 거의 매일 먹던 병원 약들이 1세대 항히스타민제와 벤조디아제핀 계열의 수면진정제였다는 것. 항히스타민제는 염증 반응을 억제하는 대신 잠이 오게 만든다. 지금은 먹어도 졸리지 않은 항히스타민제들이 많이 나와 있지만, 그땐 아니었다. 거기에다 벤조디아제핀 계열 진정제인 발륨은 또 어땠던가. 스위스 제약사인 호프만 라 로슈에서 처음 만든 발륨(국내에서의 상품명은 바리움이다)은 대표적인 수면진정제였고, 예전엔 이비인후과에서도 자주 처방되는 보조 치료제였다. 알레르기 비염이 심했던 나는 매일 아침저녁으로 그 약들을 먹었고 언제나 잠을 잘 수밖에 없었던 거다.

어느 여름날엔 버스를 타고 의암댐 종점까지 갔다. 댐 아래 기슭에 있던 평상에서, 호수로부터 불어오는 바람 속에 앉아 하루를 보내며 책을 읽었다. 그때 내가 들고 있던 책이 뭐였지? 정확히 기억나진 않지만, 아마도 페터 한트케의 『긴 이별을 위한 짧은 편지』였을 거다. 어문 각에서 나온 문고본 책은 얇고 가벼웠으며, 너무 많이 읽어서 너덜너덜해졌고 군데군데 밑줄이 그어져 있었다. 정가가 900원이라고 찍혀 있는 그 책은, 지금도 내 책장 가장 눈에 잘 띄는 자리에 꽂혀 있다.

때론 중도에 갔다. 중도는 춘천에 있는 섬이다. 지금도 섬이라고 해야 하는지는 잘 모르겠지만. 섬이란, 강이나 바다, 호수 한가운데 있고 배를 타고 건너가야만 들어갈 수 있는 곳이다. 그런데 만약 다리로 연결되어 자동차를 타고도 들어갈 수 있다면, 그때부턴 진정한 의미에서의 섬이라고 할 수 없지 않을까.

어릴 때 중도로 가려면 반드시 배를 타야 했는데, 의암호반에 있는 선착장은 아주 작았다. 배도 작았는데, 기둥엔 구명조끼와 먼지 낀 튜브가 걸려 있었다. 중도까지 가는 동안 의자에 앉아 있던 적은 별로 없다. 언제나 뱃전에 서서 호수를 내려다보았고 물살을 가르며 지나갈 때 물보라가 튀는 걸 구경했다. 중도에 내리면 곧바로 거대한 고인돌이 보였다. 고인돌은 중도 여기저기에 흩어져 있었다. 그곳이 선사시대 유적지였기 때문이다. 하긴 내가 구석기 시대 사람이었어도, 중도보다 살기 좋은 장소를 찾긴 힘들지 않았을까. 얕은 강물이 찰랑대며 흐르는 모래사장은 은빛이고 부드럽고 따뜻했을 테니까. 거기엔 물고기가 뛰놀고 맛좋은 민물조개도 가득했을 것이다.

사진은, 춘천의 호수와 그 너머 중도를 찍은 풍경이다. 물론 요즘에 찍은 건 아니다. 이제 춘천 어디를 가도 저런 고즈넉한 광경은 마주할 수 없으니까. 저 사진을 찍은 건 20년 전이고 그때 중도는 진짜 섬이었다. 강변은 진짜 강변 같았고 호수는 잔잔했으며 나무는 말없이 서서 바람에 흔들렸다.

엊그제 춘천에 다녀왔다. 단골로 가던 닭갈빗집에 이상하게 사람이 많아서 물어보니, "레고랜드가 들어온 뒤로 이래요. 일할 사람도 못 구한다니까요"라고 했다. 레고랜드는 중도에 생겼고, 그리로 들어가는 큰 다리와 넓은 도로도 뚫렸다. 그렇기에 이제 중도는 '진짜 섬'이 아니다.

그날 밤 꿈을 꾸었다. 꿈에서 나는 중도로 가는 배를 타고 가다 호수 밑바닥을 들여다보았다. 신기하게도 그 속엔 마을이 있었다. 집도, 나무도, 산도 모두 그대로인데, 거기서 사람들이 이리저리 돌아다니고 있었다. 그들은 이야기를 나누고 길을 걷고 심지어는 서로 테니스를 쳤나(테니스 치는 사람들이 나온 건, 윔블던 경기를 본 탓이었을까?). 꿈에서 깬 다음, 난 오래된 사진첩을 뒤져저 사진을 찾아냈다. 한참을 들여다보다가 "그럼 됐지, 뭐"라고, 이유도 알 수 없는 한 마디를 중얼거리고는 도로 누웠다. 그렇지만 호수 꿈을 다시 꿀 순 없었다.

그 집의 기억

살아서 잘 하는 것이 무슨 소용 있으랴
호두알이 떨어져 구르듯 스러진 그를 사람들은 잊었는데
나무 그늘 사라진 자리, 찬바람을 배로 밀며
눕기 위해 그가 집안으로 들어오는 것, 아무도 보지 못하는데

이영광 시인의 「호두나무 아래의 관찰」을 읽으며 나의 친가를 생각한다. 이젠 새로 지은 현대식 주택이 서 있는 곳.

그 집에 갈 때마다 나는 예전 외양간이 있던 자릴 눈으로 짐작해보고 마당 한켠에 있던 광을 떠올린다. 기억이란 걸 처음 가지게 된 순간부터 광은 거기 있었고, 광으로 들어가는 나무로 된 문엔 '광'이라는 글자가 커다랗게 쓰여 있었다. 외양간 기둥엔 아마 이런 말도 있었던 것 같다. 정성껏 쓴 붓글씨로. "소는 손이 많이 갈수록 잘 살진다." 여기서 중요한 건, '살찐다'가 아니라 '살진다'라는 사실이다. 좀 더 자라 사전을 찾아본 후에야 그

둘이 다른 의미를 지닌다는 걸 알았고, 외양간의 소들이 그렇게 반짝이고 윤기 흐르는 털을 가진 이유도 알 수 있었다. 참고로, 국립국어원 표준국어대사전에는, '살지다'는 '살이 많고 튼실하다, 땅 등이 기름지다'는 뜻이고, 반면에 '살찌다'는 '몸에 필요 이상으로 살이 많아지다'라고 나와 있다.

어릴 때 시골에 가면, 그 집으로 들어가는 길 초입 대추나무 아래 밭에서 할머니가 김을 매고 계셨다. 헐렁한 윗도리에 흙 묻은 바지를 입고. 할머니는 말이 없는 분이었고, 그래서 우리에게도 "왔니?"가 다였다.

나는 무료한 여름 한낮을 대청마루에 앉아 보냈고, 일을 마치고 들어온 할머니는 펌프로 물을 길어 세수를 하셨다. 그러고는 부지런히 저녁상을 준비해서 내오셨다. 마루에서 밥을 먹고 있노라면 할머니는 또 어느샌가 밖으로 나가 소여물을 끓였다. 장작을 때는 아궁이에서 피어오르는 연기가 굴뚝을 타고 나와 어둑한 하늘로 퍼져나갔고, 매캐한 듯 구수한 냄새가 마당을 휘감아 돌았다.

밤엔 평상에 누워 있었다. 할머니는 풀을 산처럼 쌓아 올려 태우셨다. 벌레를 쫓기 위한 거였는데, 난 그 향을 맡으며 캄캄한 하늘을 올려다봤다. 별이 어찌나 많은지 우수수 쏟아져 내린다 해도 놀라지 않을 듯했다.

그러고 보면 할머니와는 이야기라곤 거의 나눠보지 않았다. 딱 한 번, 내가 약대를 졸업하던 해 우리 집에서 한 달 정도 지내신 적이 있는데, 그때 어느 오후 할머니와 단둘이 마주 앉아 대화한 것이 아직도 생생하다. 그즈음 할머니는 건강이 좋지 않았고 춘천에 있는 병원에 다니느라 우리 집에 올라와 계셨다. 종합병원 약제과에서 일하던 나는, 그날 야간당직을 마치고 집에서 쉬고 있었는데, 할머니가 옆에 와 이야기를 시작하셨다. 주로 장남인 아버지의 어린 시절에 관한 거였다. 집 앞 대추나무 위에서 노래를 부르던 아버지가 갑자기 떨어졌을 때 얼마나 놀랐는지, 의원으로 업고 달리는 동안 얼마나 심장이 뛰었는지, 무슨 대회에 나가 상으로 받아온 괘종시계를 벽에 걸 때 얼마나 자랑스러웠는지, 중학 시절부터 어린 초등생을 가르치며 읍내에서 자취 생활을 했던 아버지를 찾아갔을 때 아무도 없는 작은 방에서 얼마나 오래 서 계셨는지, 마침 그날이 장날이라 찐빵 몇 개를 사서 책상 위에 두고 나오는데 어찌나 발길이 떨어지지 않던지. 밤 내내 입원 환자들의 약을 짓고 온 후라, 난 약간 비몽사몽이었고, 그래선지 할머니의 목소리는 꿈결인 듯 커졌다, 작아졌다 했다. 어느 순간 잠이 들었나 싶었는데, 할머니가 갑자기 주머니에서 뭔가를 주섬주섬 꺼내더니 내 손에 쥐여주셨다. 꼬깃꼬깃 접힌 지폐였다. 그때 이렇게 말씀하셨던가? "자, 착하지?" 이 얘길 하는 이유는, 그게 할머니가 처음이자 마지막으로 준 용돈이기 때문이다. 난 그 돈을 받았고 할머니는 얼마 뒤 돌아가셨다.

삼일장을 치르는 동안 그 집 마당엔 하얗고 커다란 천막이 세워지고 동네 사람들이 모두 와서 장례를 도우며 술과 음식을 먹었다. 아버지는 삼베로 된 옷에 새끼를 꼬아 만든 허리띠를 하고 섧게 우셨는데, 그 모습을 보며 '이젠 아버지도 고아가 되었구나' 하는 생각을 했다.

살아서 잘 하는 것이 무슨 소용 있으랴.

이 말이 와닿는 건 내가 할머니에게 해드린 게 거의 없기 때문. 할머니는 언제나 일을 하고 있었고 배경은 시골의 누런 흙과 밭, 대추나무, 그 집이었다.

허지만 난 할머니를 기억한다. 그 검고 주름진 얼굴, 큰 키, 억센 손. 마치 이 땅의 산이나 강이 내 안에 있듯, 그렇게.

빵의 이데아에 관하여

요즘은 어떤지 모르겠지만, 내가 어릴 땐 학교로 헌혈차가 왔다. 그것도 계절마다. 운동장 구석에 주차된 흰색 봉고차 안에는 작은 간이침대가 두 개씩 놓여 있었고, 간호사처럼 보이는 사람이 헌혈하러 올 학생을 기다리며 입구에 앉아 있었다. 요샌 헌혈에 봉사점수라는 게 붙는 모양인데, 전엔 그런 게 없었다. 그래선지 굳이 자기 피를 내주겠다는 애들이 많지 않았다. 아무래도 살갗을 뚫고 들어간 굵은 바늘에 새빨간 피가 순식간에 차오르는 모습은 두려움을 자아냈을 테니까. 몇몇 용감한 학생만이 옷소매를 걷고 피를 뽑으러 갔는데, 난 그 무리에 꼭 끼어 있었다. 물론 혈액이 부족한 누군가에게 나의 피를 나눠주겠다는 숭고한 목적의식 따윈 없었다. 그저 내가 원했던 건…… 한 덩이의 옥수수빵일 뿐이었다(덧붙이자면, 그 빵의 상품명 자체가 '옥수수빵'이었다. 봉지 안엔 빵의 이데아적 원형을 구현한 형태의 빵덩어리가 들어 있고, 그 아래엔 썰어 먹을 수 있도록 플라스틱으로 된 작은 나이프가 깔려 있었다. 구수한 옥수수 냄새가 나는 빵을 칼로 얇게 썰어 입에 넣으면 부드럽고 달콤한 맛에 마음까지 푸근해졌고, 함께 주는 야쿠르트를 한 모금 마시면 하늘을 나는 기분이 들었다).

헌혈은 이런 식으로 진행됐다. 일단 학교로 차가 들어온다. 그러면 운동장을 내다보고 있던 누군가가 "야, 헌혈 왔어!"라고 외친다. 얼마 후 전체 방송이 나온다. "헌혈차가 와 있으니 원하는 학생은 가보라"는 내용이다. 몇몇 학생들이 헌혈차로 가고, 간이침대에 누워 팔을 내민다. 피를 뽑고, 잠시 안정을 취한 후 일어선다. 그러면 봉고차 안에 있던 사람이 헌혈증서 한 장과 옥수수빵, 야쿠르트를 건넨다. "자, 이거 먹고 좀 쉬다가 들어가면 돼요." 그때 나는 마치 천상의 음식이라도 되는 양 그 빵을 받아 맛있게 먹었고, 그런 다음엔 양호실로 당당하게 걸어갔다(피를 뽑은 학생이 누릴 수 있던 또 하나의 특권이 바로 수업을 빠지고 양호실에서 한숨 자는 거였는데, 그걸 노렸는지는 모르지만, 헌혈차는 언제나 가장 나른한 오후 시간에만 운동장에 나타났다).

그런데 나는 왜 그리도 그 빵을 갈구했던 걸까. 사실 옥수수빵은 희귀한 빵이 아니었다. 아무나 사 먹을 수 없는 고가의 빵도 아니었고, 툭하면 품절되는 빵은 당연히 아니었다. 그냥 3백 원만 내면 학교 앞 슈퍼에서 사 먹을 수 있는, 그런 흔한 빵이었다. 하지만 팔을 걷고 피를 뽑은 뒤 운동장 구석 벤치에 앉아서 먹는 옥수수빵엔 뭔가 남다른 것이 있었다. 말로는 표현할 수 없는 그 무엇. 그걸 아는 사람은 그때 같이 벤치에 둘러앉아 있던 나의 헌혈 친구들뿐이겠지. 그리고 어쩌면 헨리 데이비드 소로와 에이브러햄 링컨도 알지 않았을까.

"내가 처음 만든 빵은 옥수숫가루에 소금을 조금 넣어 구운 진짜 시골식 빵이었는데, 집 밖에 불을 피워놓고 널빤지 위나 집 지을 때 잘라 쓰고 버린 나무토막의 한쪽 끝에 올려놓고 구운 것이었다."

어려서 처음 본 『월든』의 이 문장을, 난 마음이 허전할 때마다 찾아 읽곤 했다. 마치 페이지 어딘가에 무형의 옥수수빵 혹은 빵의 영혼 같은 게 있어서, 책을 펼치기만 하면 그것을 들이마실 수 있는 것처럼. 그렇게 하여 내 안으로 들어온 빵의 영혼이 마음을 채워주고 그 따뜻하고 부드러운 풍미가 구석구석 퍼져나가 몸 전체를 데워주기라도 할 것처럼.

또, 에이브러햄 링컨이 어린 시절 살았다던 작은 오두막. 링컨의 전기를 읽는 대부분의 아이들이 그가 얼마나 위대한 인물인지를 깨닫고 곱씹는 동안, 나는 오직 링컨 가족이 지냈던 얼기설기 지은 통나무집과(어찌나 대충 지었는지 통나무와 통나무 사이 틈에 책을 끼워둘 수 있었고, 그래서 어느 폭풍우 치는 밤 어린 링컨이 빌려온 책은 푹석 젖어 못 쓰게 되고 만다) 그 집 화덕에서 굽던 옥수수빵의 연기 냄새에 푹 빠져들었다. 오두막에서 별빛에 비춰가며 책을 읽다가 갓 구운 옥수수빵을 먹는 상상은 나를 사로잡았고 그때부터 내 인생 최고의 빵은 옥수수빵이 되었다.

오늘 편의점 앞을 지나면서 '포켓몬 빵 없습니다'라는 안내문을 보았다. 줄을 서서 포켓몬 빵을 구하는 사람들이 찾는 것은 결국 마음의 빵, 그러니까 각자가 꿈꿔온 빵의 이데아겠지. 문득 그들에게 "나도 그 느낌을 알고 있습니다"라고 말하고 싶어졌다. 자신이 찾고 원하던 빵을 손에 쥐었을 때 어떤 따뜻함이 온몸을 타고 흐르는지, 얼마나 마음이 풍성해지고 그래서 먹지 않아도 배고프지 않은지, 왜 영혼에 한 번 새겨진 빵은 영원히 잊히지 않는지. 거기에 더해서, 말로 표현할 수 없는 그 무엇까지도.

꿩을 찾아가던 길

꿩 농장으로 가는 길은 험했다. 우리가 제대로 가고 있는 건지도 알 수 없었다. 어쨌거나 그 당시엔 아직 내비게이션 같은 건 나오지도 않았을 때니까.

그해 2월 어느 날, 난 아버지와 함께 꿩 농장을 찾아가고 있었다. 당시 아버지는 과학관 관장을 맡고 계셨는데, 전시된 꿩 박제가 너무 낡고 오래되어 새 박제를 만들어야 한다는 것이었다. 그리고 꿩 박제를 만들려면 당연히 꿩이 필요하기에, 아버지와 나는 녹은 눈으로 질척질척한 2월의 흙탕길을 운전하여 어디론가 가고 있었다.

아버지는 누구에게선가 어느 시골 마을에 큰 꿩 농장이 있다는 말을 들었다고 했다. 그곳은 춘천에서 서석 어딘가쯤으로 넘어가는 길이었고, 지방 도로가 끝나는 지점에서부턴 그야말로 그냥 흙길인 그런 깊은 산속이었다.

창밖을 내다보던 나는 "아빠, 여기가 맞아? 농장 이름이 뭔데?"라고 물었다.

아무리 봐도 이런 곳에 꿩 농장이 있을 것 같진 않았다. 길은 점점 더 질척질척해졌고, 어디서도 꿩의 울음소리는 들려오지 않았다.

황당하게도 아버지는 농장 이름을 모른다고 했다. 더 놀라운 사실은 전화번호조차 없다는 거였지만, 그건 지금 생각했을 때 놀라운 일이지, 당시엔 그리 놀랄 만한 일은 아니었다. 어차피 그땐 휴대폰도 없던 시절이니, 번호를 안다 한들 그 산속에서 전화를 걸지도 못했을 것이기 때문이다.

한참 그렇게 흙길을 달리던 아버지는 어느 쓰러져가는 농장(으로 보이는 곳) 앞에 다다랐다. 무슨 이유에선지 아버지는 거기에 꿩이 있을 거라고 확신했다. 그곳은 양계장이라고 하기에도 어울리지 않는 어두컴컴한 장소였다. 양옆으론 이름 모를 나무가 우거져 있고, 그 나무 둥치마다 100년도 더 자란 듯 보이는 덩굴풀이 뒤엉켜 있었다. 우리는 허리 높이까지 올라오는 시든 양치식물을 헤치며 농장 입구를 찾아 들어갔다. 질퍽한 진흙 길을 지나 안쪽으로 걸으니, 드디어 녹슨 철문이 나타났다.

이게 정말 농장이긴 한가, 여기에 사람은 살고 있나, 아니, 그보다도 재수 없게 제이슨(공포영화 「13일의 금요일」 시리즈의 살인마 주인공이다. 잘 알겠지만, 주로 으슥한 숲속 캠프장 같은 데 숨어 있다가 사람을 도륙하기로 유명하다)이라도 나타나는 거 아냐? 속으로 온갖 생각을 하며 철문 앞을 서성이는데, 거짓말같이 안쪽에서 사람이 걸어 나왔다. 검은 우비를 걸친 남자였다. 그가 신은 고무장화는 무릎까지 올라왔고 붉은 진흙이 잔뜩 묻어서 마치 피 같았다. 다행히 손에 낫이나 칼, 도끼 같은 걸 쥐고 있지는 않았다.

"실례합니다만, 혹시 여기가 꿩 농장입니까?"

아버지는 그 남자에게 물었지만, 슬프게도 거기는 꿩 농장이 아니었다. 양계장이나 칠면조 농장, 오리 농장도 아니었으며, 하다못해 다른 조류를 키우고 있지도 않았다. 그곳은 그냥 녹슨 철문과 낡은 울타리가 쳐진 사유지에 불과했다. 남자는 목장갑을 낀 손으로 머리를 긁적이며, 이 주변에 꿩 농장은 없을 거라고 말했다. 여기에 오래 살았지만 어디서 꿩을 키운다는 이야기는 들어본 적이 없다고도 했다.

그러나 아버지는 고집을 꺾지 않았다.

"그럴 리가요. 없는 게 확실합니까?"

대학교 다닐 적엔 ROTC였고 졸업 후엔 소위로 임관되었으며 고등학교 선생님이 된 후론 주로 학생과장을 맡았던 아버지는, 특유의 엄하고 무서운 어딘지 모르게 장교 같은 목소리로 그 남자에게 말했다.

"잘 생각해보십시오. 여기 어딘가에 분명 꿩 농장이 있을 겁니다."

나는 당황했다. 왠지 그 말투엔 꿩 농장이 없다면 지

금 당상 농장을 일구어서라도 꿩을 키우라고 명령하는
듯한 분위기가 배어 있었기 때문이다. 고무장화를 신은
남자 역시 아버지의 어조에서 같은 걸 감지한 듯했다.
그는 내가 보기에도 티가 날 만큼 미안해하며, "정말 죄
송한데, 여기엔 꿩 농장이 없습니다"라고 했다. 그러곤
가까이에 꿩을 키우는 농장이 없는 게 그의 잘못이기라
도 한 듯 고개를 떨구었다.

아버지는 한참을 가만히 서 있었다. 주위엔 덩굴식물
이 이름 모를 나무들에 얽혀 사락대는 소리와 키 큰 양
치식물들이 부드럽게 서로의 마른 잎을 쓰다듬는 소리
뿐이었고, 나와 아버지와 그 남자 사이엔 침묵이 흘렀다.

얼마나 시간이 흘렀을까. 아버지는 갑자기 알겠다고
하고는 차를 세워둔 곳으로 향했다. 장화를 신은 남자는
끼이익, 철문을 닫고 어둑한 자신의 사유지로 돌아갔다.
나는 그곳이 무엇을 하는 곳인지 궁금해서 뒤돌아봤지
만, 그는 이미 사라지고 없었다.

그날 나와 아버지는 서석면 일대를 온통 돌아다녔다.
그러면서 보이는 모든 낡고 녹슨 철문은 다 두드려봤다.
하지만 어디에도 꿩 농장은 없었고, 우리는 결국 꿩을
구하지 못했다.

그로부터 며칠 후, 아버지는 어색하게 웃으며 큰 검은
비닐봉지를 들고 집으로 왔다. 봉지는 무거웠고, 안에는
축축하고 물컹하며 비릿한 뭔가가 들어 있었다. 꿩고기였

다. 다른 직원이 아는 농장에서 구해온 열 마리의 꿩을, 박제를 만들기 위해 속을 모두 파냈는데, 그렇게 나온 고기 중 일부라는 거였다. 봉지에서 꺼낸 꿩은 닭보다 컸고, 닭고기보다 훨씬 어두운 빛깔을 띠고 있었다. 우린 며칠 동안 질리도록 꿩고기를 먹었다. 만두, 볶음, 탕 같은 걸 해 먹었는데, 회색 피부를 가진 꿩고기는 정말 맛이 없었고, 난 그 후로 다시는 꿩을 먹지 않았다.

더 나중에, 아버지가 과학관 관장에서 교육청으로 자리를 옮긴 후에, 혼자 과학관에 놀러 간 적이 있다. 평일 낮이라 학생들도 없이 조용한 그곳에서, 나는 일부러 박제를 전시한 공간에 가보았다. 곰, 노루, 사슴, 올빼미. 모든 동물이 차갑고 미동도 없는데, 신기하게도 눈만은 반짝반짝 빛나고 있었다. 난 꿩 무리 앞에 서서 아주 오래도록 들여다봤다. 저들 중 어떤 꿩을 내가 먹은 걸까 생각하기도 했고, 꿩 농장을 찾아다니던 그날 녹슨 철문 앞에서 아버지가 지었던 엄격한 표정을 떠올리기도 했다.

지도도 전화번호도 없이 그렇게 깊은 산속에 왜 갔느냐고, 그보다 훨씬 나중에 물어보았지만, 아버지는 기억나지 않는다며 딴 데를 보았다. 엄마는 오히려 잘 기억하고 "그날 당신이 차 망가뜨려서 왔잖아요"라고 했다. 아버지는 그래도 끝까지 기억나지 않는다고 했고, 창밖 먼 산등성이에서 눈을 떼지도 않았다.

끊임없이 되풀이되는
불가능한 작별 인사에 대하여

우유가 내게로 온 길이 내가 찾아가야 할 길이었다
그 길 그 길 머릿속에 흰빛으로 그려지는 그 길을 따라가면
내일 아침에 이를 수 있을 것만 같았다[*]

어릴 땐 우유를 즐겨 마셨다. 외할아버지는 우유에 소
금을 타 먹는 게 제맛이라고 하셨다. 양은 주전자에 우유
를 붓고 할아버지는 약간의 소금을 넣은 후 따뜻이 데웠
다. 난로 위에 올린 검은색 프라이팬에선 버터를 바른
토스트가 노르스름하게 익어가고 있었다. 나는 난로 앞
의자에 앉아 우유를 마시고 빵을 한 입 베어 물었다.

아홉 살 여름, 할아버지는 나를 데리고 종로에 가셨
다. 그때의 내가 종로라고 하면 알 턱이 없지만, 할아버
지는 이곳저곳 보여주시며 길을 걸었다. 그러다가 도착

• 연왕모, 「흰 우유에게-사랑이 나를 덮치다」 중에서.

한 어느 제과점에서 우린 마주 앉아 팥빙수를 먹었다. 처음 먹어본 팥빙수는 커다란 유리그릇에 얼음이 가득 있고 위엔 단팥이 듬뿍 얹어져 있는 음식이었다. 먹었다는 기억만 있고 맛있었단 기억은 없는 걸로 보아, 그다지 마음에 들진 않았던 걸까. 할아버지는 검은 뿔테 안경에 맥고모자를 쓰고 계셨는데, 제과점 사람들에게 얘가 내 외손녀라고 자랑하셨다.

그다음에 우리는 1호선 전철을 타고 인천으로 갔다. 할아버지가 바다를 보여준다고 하셨기 때문이다. 그날 인천의 바다는 회색이었다. 흐리고 어두운 데다 빗방울까지 떨어지고 있었다. 항구엔 크고 검은 배들이 정박해 있었고 갈매기들이 공중을 선회했다. 새들은 희고 거대한 날개를 펼친 채 구슬피 울다가 더 먼 바다를 향해 날아갔다. 항구가 내다보이는 식당에서, 우린 밥을 먹었다. 무엇을 먹었는지는 떠오르지 않지만, 둥근 접시 위에 있던 분홍빛의 네모난 살코기는 확실히 기억한다. 할아버지는 웃으며 그게 고래고기라고 하셨다. 할아버지가 장난을 치는 거라고 믿었지만, 나는 그 고기를 입에 대지 않았다. 고래를 먹는다는 것이 왠지 이상하게 느껴졌고, 고래는 식당이 아니라 깊은 바닷속 어딘가를 헤엄치고 있어야 어울린다고 생각했다. 나중에 할아버지가 돌아가신 후, 문득 그 고기가 무엇이었는지 알고 싶어졌다. 그건 어쩌면 그냥 참치회가 아니었을까. 암만 묻고 싶어도 물을 수 없다는 게 얼마나 슬프고 답답한 일인지도 그때 처음 알았다.

오래전 마지막으로 외할아버지 꿈을 꾼 적이 있다. 그때 나는 북가좌동의 낯익은 외가를 찾아갔다. 대문 앞에 선 외할머니가 서서 나를 기다리고 계셨다. 할아버지는 어디 계시는지 물었더니, 아직 외출에서 돌아오지 않았다고 하시는 거다. 그런데 꿈속의 그 정든 집에서 난 뭘 했을까? 중요한 건, 내가 그게 꿈이라는 걸 알고 있었다는 사실이다. 그래서 그런지, 할머니의 손을 잡고 있으면서도 마음이 아파서 견딜 수가 없었다. 마루에 앉아 할아버지를 기다리며 난 자꾸만 벽에 걸린 시계를 올려다봤다. 그러다 결국 할아버지가 외출에서 돌아오시는 것을 보지 못하고 잠에서 깼다.

지금도 나는, 진짜 내 곁에 있던 외할아버지 외할머니보다 마지막 꿈에서의 할아버지 할머니가 더 생생하다. 아니, 꿈속의 그 시간이 더 실제 같다. 어쩌면 실제였을지도 모른다. 어느 날부턴가 그걸 꿈으로 착각하며 살아온 건지도. 시간이 지나고 나면, 도대체 무엇이 꿈이고 무엇이 실제였는지 분간할 수 없게 되고 마니까.

나는 작별 인사는 최대한 엄숙하고 거창하고 화려하게 해야 한다고 믿는 편이다. 그건 떠나가는 자와 남겨지는 자, 그 모든 존재에 대한 마지막 예의일 테니까. 하지만 외할아버지, 외할머니에게 난 성대한 인사를 건네지 못했다. 두 분 모두, 그렇게 가실 거라고 상상하지 못한 순간 스르르 이승을 등지고 말았다.

예전에 『기원의 소설 소설의 기원』이란 책에서 이런 말을 보았다. "소설이란 자신의 과거에 보내는 불가능한 작별 인사"라고. 나는 거기에 두어 마디를 덧붙이고 몇 마디를 뺀 다음, 이렇게 중얼거려 본다. 세상엔 "끊임없이 되풀이되는 불가능한 작별 인사"가 있다고.

만약 진정한 작별 인사가 가능하다면 우리의 삶은 지금보다 삼천 배쯤은 가벼워질 거다. 그러나 그것은 불가능하고, 하루하루가 지날수록 이루지 못한 인사들은 점점 더 쌓여만 간다.

그리고 어느 날, 난 발밑을 보고 알았어.

내가 밟고 선 땅이 바로 그 인사들의 무게라는 것을.

그 무게가 나를 지탱해주고 나는 거기에 기대어 심연 같은 지상을 날아오르며 건너가는 거지. 무거워질수록 자꾸만 가벼워지며.

누가 마토였을까?

마토는 2018년 3월 1일 새벽 세상을 떠났다.

힘들어하는 녀석을 내내 품에 안고 있었는데, 문득 코 끝에 손을 대보니 온기가 느껴지지 않았다.

마토를 데려온 것은 2013년 5월 5일. 구리시 수창동 의 어느 빌라까지 직접 차를 몰고 가서였다. 다른 형제 들은 벌써 제각각 입양되어 갔고, 나는 한참 전부터 사 진 속 마토를 점찍어 두었지만, 엄마 젖 더 먹으라고 기 다린 끝에 그날 데리러 간 것이었다.

우리가 현관으로 들어서자, 마토는 마치 원래부터 알 던 사이인 양 반갑게 뛰어오더니 품에 덥석 안겼다. 짙 은 갈색 털에 새카만 눈, 코. 엄마 젖을 많이 먹어서인지 두 달밖에 안 됐는데도 안아보니 꽤나 묵직했다. 원주까 지 오던 두 시간 동안 한 번도 낑낑대지 않고 곤히 자면 서 오던 마토. 하지만 막상 집에선 며칠간 밤마다 엄마 를 찾아 이 방 저 방 돌아다니며 울었지.

강아지를 새끼 때부터 키워본 건 처음이었기에 나는 모르는 게 너무 많았다. 가장 후회되는 건 4개월 어린 마토에게 중성화 수술을 해줬던 것. 나중에 마토의 병명이 '급성 면역매개성 용혈성빈혈'임을 듣고 온갖 자료를 다 찾아보며, 어릴 때 중성화를 한 수컷 푸들, 코카스파니엘, 잉글리시쉽독 같은 개들이 (통계적으로) 특히 이 병에 취약하다는 것을 알게 되었다. 면역매개성 용혈성빈혈은, 불분명한 여러 가지 이유로 면역 체계가 자기 자신의 적혈구를 공격하여 생기는 병이다. 부서진 적혈구 안에서 새어 나오는 빌리루빈이라는 색소 때문에 황달이 생기고…… 그래서 마토는 마지막 눈을 감았을 때 온몸이 샛노란 색이었다. 눈 흰자위도, 그 예쁘고 촉촉하던 분홍빛 혓바닥도, 발바닥, 배, 귓속, 어디 하나 노랗지 않은 곳이 없었다.

2018년 2월 20일. 이때까지 마토는 건강했고 겉으로 보기엔 전혀 아무렇지도 않았다.

2월 21일. 마지막으로 산에 갔을 땐 이상하리만치 얌전했고 뭔가 할 말이라도 있는 듯 산꼭대기 벤치에서 우릴 빤히 쳐다봤다. 원래는 정상에만 오르면 신나게 뛰어다니며 여기저기 냄새를 맡던 녀석인데. 하지만 그날까지도 마토가 아플 거라는 생각은 하지도 못했다. 그냥 좀 피곤한가 보구나, 이렇게만 여겼다.

2월 22일. 오전에 갑자기 마토는 비틀거리며 걷다가

주저앉았다. 그날따라 항상 다니던 곳에 수의사가 없어서, 급히 가까운 동네 병원엘 갔고 감기라는 진단을 받았다.

2월 23일. 점점 상태가 안 좋아지는 마토를 데리고 아침부터 병원에 갔고 수액주사를 처치 받았다. 그러나 앞발에 주삿바늘을 꽂은 채 집에 온 마토는, 정확히 그때부터 걷질 못했다. 죽는 날까지. 서울에 있는 대학병원까지 가서 입원을 했고, 계속 수혈을 받았고, 아무것도 삼키지 못했으니까.

아, 그러고 보니 딱 한 번 더 걸었지.

그리고 나는 지금도 눈을 감으면, 마토가 마지막으로 걸어서, 아니, 어쩌면 뛰어서 우리에게 오던 그 어두운 새벽의 병원 로비를 생생히 떠올릴 수 있다. 의사가 입원실에 있던 녀석을 안고 나와 바닥에 내려주자, 한동안 마토는 어리둥절하게 서 있었다. 그러다가 앞에 있는 우릴 보고는, 반가워하는 표정, 기쁨이 넘치는 눈빛으로 왈츠라도 추듯(그렇지만 사실은 힘이 없어서 겨우겨우 걸은 거였겠지만) 다섯 발짝 정도를 뛰어왔다. 그 모습을 보면서 나는 마토가 다시 살 수 있을 거라고 믿었다, 한 치의 의심도 없이.

2월 28일. 수혈을 계속하는데도 마토의 적혈구 수치는 올라가지 않았다. 오히려 더 떨어졌고 이제 몸은 완전히 짙은 노랑으로 변해버렸다. 담당 의사가 자릴 비운

동안 나는 마토가 누워 있는 켄넬을 들여다보며 가만히 서 있었다. 축 처져 있던 마토는 우릴 보더니 어떻게든 다가오려고 몸을 일으켰다. 하지만 녀석은 아무리 해도 일어나지 못했고, 몸이 왜 말을 안 듣는지 몰라 겁을 먹은 것 같았다. 왜 이 낯선 장소의 작은 우리 안에서 모르는 사람들과 매일 밤을 지내야 하는지, 왜 그 사람들이 하루에도 몇 번씩 앞발에 주삿바늘을 꽂고 차가운 기계 위에 올려둔 채 사진을 찍는지. 그때 다른 의사가 오더니 마토의 붕대를 새로 감았다. 그러면서 그는 자신이 키웠던 개에 대한 이야기를 들려줬다. 그 의사의 개는 암으로 죽었고, 마지막엔 집에서 데리고 있다가 마음 편히 가게 해줬다고.

나는 물었다.

"선생님이라면 얘를 어떻게 하실 건가요?"

의사는 말했다.

"저라면…… 집으로 데려갈 겁니다. 그게 최선일 것 같아요. 현재로선 오늘 밤이라도 죽을 수 있는데, 주인도 없는 낯선 병원에서 혼자 눈을 감게 둘 순 없잖아요. 강아지에게 그건 너무 가혹하니까요."

그날 오후, 마토를 데리고 다시 원주로 왔다. 비가 많이 내리던 늦겨울이었다. 이미 차 안에서 한 번 발작을 일으켰고 오는 내내 헐떡이던 우리 작은 강아지. 나는 녀석을 품에 안고 뒷좌석에 앉아 계속 이야기했다. 병이다 나으면 뭘 하며 같이 재미있게 지낼지, 밖엔 비가 얼마나 많이 오는지, 2주만 지나면 생일인 너에게 어떤 선물을 사줄지에 대하여.

집에 들어오자, 마토는 안도한 얼굴로 천천히 둘러봤다. 그러고는 강아지용 초유를 조금 먹고 잠들었는데 그 표정이 어찌나 편안해 보이던지 데려오길 잘했단 생각이 들었다. 어쩌면 집에 온 게 너무 좋아서 금세 회복되는 게 아닐까, 하고 기대할 만큼. 하지만 곧 눈을 뜬 마토는 얼마 먹지도 않은 초유를 다 토했고 숨도 잘 쉬지 못하게 되었다. 그러다가도 "산책갈까?"라는 말엔 눈동자를 움직이며 우리 쪽을 쳐다봤다.

나는 마토를 안고 방과 마루, 녀석이 좋아하던 집 안 구석구석을 다 돌아다녔다. 뭔가 안다는 듯 마토는 자기가 잠자고 놀고 뛰어다니던 방, 소파, 침대, 작은 방석, 강아지집, 이런 모든 곳을 물끄러미 바라보았다. 그러고 나서 밤 12시가 조금 넘었을 때, 그러니까 3월 1일이 되고 몇십 분쯤 지났을 때, 마지막 숨을 내쉬었다. 아마 녀석은 자기가 태어난 봄의 첫날을 보고 가려 했던 걸까?

죽은 너를 씻겨주며 그 귀엽던 분홍빛 배를 샛노랗게 만들어서 보내주는 게 너무 미안했어. 산에 갈 때마다 입던, 네가 가장 좋아하는 주황색 스웨터를 입히고 잘 눕혀놨지. 아침이 되면 강아지 장례식장에 가야 하니까.

그런데 잠이 오질 않더라. 네 부드럽고 따뜻한 털이 없으면 어떻게 지내야 할지 알 수 없었어. 5년이나 널 키우면서도 네게 얼마나 많은 걸 받고 있는지 몰랐던 거야.

내 품에 안겨 있던 네가 더는 숨을 쉬지 않았을 때, 어떻게 이런 일이 생기는 건지, 방금까지 살아서 따뜻하고 부드럽던 너의 몸이 어떻게 이렇게 빨리 식을 수 있는지, 대체 생명이란 무엇이기에 이리도 허망하게 불가역적으로 모든 것을 바꿔버리는지, 난 알 수 없었어. 그리고 지금도 여전히 알지 못하고 있단다.

오늘 폰을 뒤적이다가 사진 하나를 찾았어. 오래전, 아직 구리에 있던 너. 엄마 젖을 열심히 빨고 있는 저 갈색 털북숭이 아기 강아지들 중 누가 너였을까? 그때 난 왜 그런 걸 묻지 않았을까? 내가 너에 대해 몰랐던 건 또 뭐가 있을까?

마토야.

내 영혼의 나무 세 그루

새들의 기억

내가 다니던 약대는 지은 지 얼마 안 된 신축건물이었다. 언덕꼭대기에 있는 빨간색 벽돌 건물이었는데, 교문에 들어선 다음에도 약대까지는 한참을 걸어야 했다. 나는 걸음이 느린 데다 길가의 풀이나 발아래 기어가는 벌레, 굴러가는 돌멩이 같은 걸 보며 걷는 습관이 있어서 툭하면 지각을 했다. 강의는 항상 아침 9시에 시작됐지만, 무슨 생각에선지 서두르는 법이 없었다.

하긴 그것은 이미 어린 시절부터 몸에 밴 습관일지도 모른다. 고등학교 시절에도 나는 일부러 버스를 타지 않고 천천히 걸어서 학교에 갔다. 버스를 타면 시내 중심가 도로를 지나지만, 걸을 땐 주택과 주택 사이 좁은 골목길을 빙빙 돌아서 갈 수 있었다. 덕분에 봄에 새로 돋는 싹을 누구보다도 먼저 보았고 개나리가 가득 핀 광경이 별 무더기 같다는 상상도 실컷 했다. 때로는 다른 학교에 다니던 중학교 때 친구를 만나 이야기를 나눈 뒤 등교하기도 했다. 그 애도 나처럼 여유만만한 성격이었고 나만큼이나(어쩌면 나보다도 더 많이) 책을 좋아했다. 우리는 마치 서로가 로제 마르탱 뒤 가르의 소설『회색 노트』속 자크와 다니엘인 양 굴었다. 그 친구가 내게 로트레아몽의 시집『말도로르의 노래』를 빌려주면, 난 다음 주에 답례라며 랭보의 시집『지옥에서 보낸 한 철』을 빌려줬으니까. 우리는 심각하고도 진지한 얼굴로 세상 모든 것에 대해 이야기했고, 그땐 정말로 세계를 다 알고 있다고 여겼다.

그렇게 학교에 걸어가면 교문은 벌써 닫혀 있고 학생주임 선생님이 멀찍이서 팔짱을 낀 채 노려보고 있었다. 나는 별로 미안한 기색도 없이 가방부터 내려놓았다. 달릴 준비를 하는 거였다. 우리 학교는 지각한 학생에게 운동장을 열 바퀴 도는 벌칙을 줬는데, 그게 오히려 면죄부를 주는 효과를 가져왔다. 적어도 나에겐 그랬다는 뜻이다. '비록 지각은 했지만 운동장을 열 바퀴 뜀으로써 죄를 용서받고 당당해지는 거지.' 이런 생각이었고, 그렇기에 그 넓은 운동장을 달리면서도 억울하거나 화가 나진 않았다. 게다가 교실 창문으론 친구들이 손을 흔들며 응원까지 해주었으니까. 그들은 내가 한 바퀴를 돌 때마다 환호했고, 그러다 보면 어느새 열 바퀴를 다 뛴 뒤였다.

대학을 가서도 그런 습성은 변하지 않았다. 나는 수업시간에 맞춰서 교실에 들어가느니 길가에 있는 온갖 자잘한 것들 관찰하기를 더 즐겼다. 잘 보면 개미가 먹이를 물고 가기도 했고 화단 너머 우거진 수풀 사이로 청설모가 휘리릭 지나가기도 했다. 새가 죽어 있는 걸 보기도 했다. 물론 요즘도 난 죽은 새를 본다. 바로 얼마 전에도 도서관 앞 잔디밭에서 죽은 황조롱이를 만났으니까. 추운 계절에 잠든 듯 고이 누워 있는 새를 보는 것은, 천천히 걸으며 자세히 살펴보길 좋아하는 사람만이 누릴 수 있는 특권이다.

그리고 오래전 어릴 때나 그로부터 수십 년이 흐른 지금이나, 나는 새의 시체 앞에서 같은 시를 떠올린다. "새들은 죽기 위해 숨는 것일까?"라고 끝나는 프랑수와 코페(1842-1908)의 시 「새들의 죽음」을. 얼어붙은 눈 위에 가만히 있던 황조롱이는, 깃털부터 부리에 이르기까지 어디 한 군데 죽은 듯 보이는 데가 없었다. 다만 눈을 꼭 감고 미동조차 없는 것이 새가 죽었음을 짐작게 할 뿐이었다. 혹시나 해서 손을 얹어보니 황조롱이의 몸은 차가웠고 벌써 딱딱하게 굳어 있었다.

다시 예전 얘기로 돌아가자면, 하루는 약대로 올라가는 언덕길을 천천히 걷고 있는데 누군가 뒤에서 어깨를 쳤다. 돌아보니 같은 과 친구였다. "우리 늦었어. 안 뛰어갈 거야?" 나는 고개를 끄덕이며 "먼저 가"라고 했고, 친구는 의아한 듯(혹은 걱정스러운 듯) 잠시 보더니 달려가 버렸다. 새 학기가 시작된 지 얼마 안 된 3월 초의 일이었는데, 이렇게 자세히 기억하는 이유는 그 친구가 지나가자마자 바로 옆 잡목 더미에서 까치 한 마리가 톡 튀어나왔기 때문이다. 난 멈춰 선 채 까치가 이리저리 돌아다니는 것, 폴짝 뛰어오르는 것, 궁금한 눈초리로 막 돋아난 새싹을 뒤지는 것을 바라보았다. 사방은 어찌나 조용한지 그저 새가 움직이며 내는 사그락사그락 소리뿐이었다. 한참 후에 까치는 푸드덕 날아올랐지만, 멀리 가지는 않고 나뭇가지에 앉아 물끄러미 아래를 내려다보았다.

최하림 시인은 그의 시「겨울이면 배고픈 까마귀들이」에서 이렇게 말했다. "독자여 / 밤이 오거든 / 유리창을 / 오래오래 보십시오 / 엑스선 사진처럼 / 검은 유리에서는 / 새들이 날고 / 새들이 울고 / 새들이 일렬로 / 이동하는 것이 보일 겁니다 / 살고 아파하고 이동하는 것들에 대해 / 우리는 관심을 두지 않을 수 없습니다"

하지만 솔직히 말해서 "살고 아파하고 이동하는 것들"에게 관심이 있어서 새들을, 벌레들을, 풀이나 나무, 돌멩이를 보며 걸은 건 아니었다. 어쩌면 내겐 일의 순서가 뒤바뀌어 일어난 건지도. 난 단지 느리게 걸었고 그러다가 살아 있는 것들, 그 너머 죽어 있는 것들에게까지도 관심을 두게 됐으니까.

봄엔, 무한을

요즘은 어떤지 모르지만, 예전에 마트 국수 진열 코너에는 신기한 당면이 하나 있었다. 쇼핑 카트를 밀고 가다가도 그 당면에 눈이 닿으면 오랫동안 겉봉지를 바라보곤 했는데, 왜냐하면 거기에 바로 '무한'이 있었기 때문이다.

당면(아쉽게도 상품명은 기억나지 않는다)의 겉봉지엔 쪽을 지고 한복을 곱게 차려입은 여인이 당면 봉지를 품에 안은 그림이 그려져 있었다. 그런데 그림 속 여인이 안고 있는 당면 봉지엔 역시 같은 여인이 당면 봉지를 안고 있는 그림이 그려져 있는 거다. 그리고 그 그림 속 여인의 당면 봉지 속 여인의 당면 봉지에도 아주 쪼그맣게 당면 봉지를 안고 있는 여자가 그려져 있다. 그럼 분명 그 쪼그만 당면 봉지 그림 속엔 또다시 당면 봉지를 안고 있는 여인이 있을 테고……. 그렇다면 이건 그야말로 당면 봉지를 안고 있는 여인의 무한한 연속 아닌가.

나는 마트에서 그 당면 봉지를 볼 때마다 그것을 디자

인한 이가 누구일지 궁금했다. 혹시 그는, 사람들을 끝없는 생각의 순환 고리에 빠뜨릴 계획으로 그런 그림을 그렸던 걸까?

하지만 반드시 마트에 가야만 무한을 만날 수 있는 건 아니다. 인터넷서점에서 좀 더 쉽고 빠르게 무한을 체험할 수도 있는데, 방법은 다음과 같다.

먼저 인터넷서점에 들어간다. → 사야 할 책을 검색한다. → 그러다가 온갖 링크를 타고 이리저리 돌아다닌다. → 실제로는 유한하겠지만 알고 보면 무한한 책들의 미로를 헤맨다. → 그러면서 동시에, 손에 잡히는 대로 장바구니에 담는다. → 담을 만큼 담은 후, 결제한다. → 주문한 책들의 목록을 보며, 꼭 사려고 했던 가장 중요한 책은 정작 사지 않았음을 깨닫는다. → 오히려 기뻐하며 다시 인터넷서점에 들어간다. → 다시 사야 할 책을 검색한다. → 또다시, 온갖 링크를 타고 돌아다닌다. → 아까와 같은 공간이지만 완전히 달라진 책의 미로를 헤맨다. → 그러면서 또 다시금, 장바구니에 책을 담는다. → 책값을 결제한다. → 이번에도 또, 꼭 사려던 책이 빠졌다는 것을 깨닫는다. → 다시 인터넷서점에 들어간다. → 위의 과정을 되풀이한다. → ∞ → 마침내 무한에 빠졌음을 깨닫는다.

그리고 이 과정은 밖에서 누군가가 "이제 그만하고 밥 먹으러 가자!"라고 외치지 않는 한 결코 영원히 끝나지 않을 것이다.

그런데 이보다 더 간단히 무한을 만나는 방법이 있다. 사실 그건, 지금 같은 계절에 가장 어울리는 일이기도 하다. 그냥 문을 열고 나가서 풀이나 나무에 피어 있는 꽃을 바라보기만 하면 되니까.

짧은 봄에 갑작스레 피었다가 찰나처럼 사라지는 꽃들.

유한이 없다면 그 누구도 무한을 상상하지 못했을 테고, 우리는 시작도 끝도 없는 지루한 영원 속에서 졸고 있겠지.

그렇기에 임동확 시인도 「희미한 말과 눈짓으로」에서 이렇게 읊었던 것 아닐까.

두려워 마, 도대체 꽃피울 기색 없는 날에도
그러나 무한을 들어 올린 저 노오란 수선화,
이게 꿈의 통로지, 왜냐고?
거기에 우리가 찾던 영원이 있기 때문이지

내 영혼의 나무 세 그루

바다로 가는 길 위에는 단지 세 그루의 나무만 서 있다
나무에 영혼이 없다고 믿는 사람의 영혼에도
나무 세 그루는 서 있다

박용하 시인은 「바다로 가는 서른세 번째 길」에서 이렇게 말했고, 당연히 내 영혼에도 나무 세 그루가 서 있다. 물론 세어보면 더 많은 나무가 있을 것이다. 예를 들면, 매일 산책길 초입에서 만나는 회양목들이 있을 테고 어릴 적 할머니네 마당에 있던 앵두나무와 살구나무도 있으며, 초등학교 6학년 시절 어느 깊은 밤 무시무시한 공포소설을 읽고 내다봤던 아파트 정원의 검은 거인 같던 전나무도 있을 터이니. 그뿐이랴. 자주 오르는 뒷산의 떡갈나무와 까치들이 둥지를 튼 커다란 소나무, 보고 있노라면 한없이 빨려들 것만 같은 앙리 루소의 그림 속 나무, 고등학교 운동장 한가운데 서 있던 거대한 목백합나무, 꿈을 아느냐고 물으면 그렇다고 대답할 것만 같은

플라타너스, 진짜 사과나무보다 더 향기롭게 느껴지던 존 골즈워디의 사과나무, 약국 구석에 우두커니 선 채 그저 물만 줬는데도 잘 자라던 고무나무까지. 어쩌면 오늘 밤 내내 내 인생의 나무 목록만 작성하며 하루를 보낼 수도 있지 않을까. 그렇지만 그 많은 나무 중에서도 딱 세 그루만 꼽으라면, 단연코 실편백나무, 굴참나무, 산수유나무다. 이 세 나무는 마치 본래부터 내 안에 뿌리를 내렸던 것처럼 친근하다. 나는 나무를 사랑하지만 유독 이 세 나무를 더 사랑하고 때론 잠자며 세 나무에 관한 꿈을 꾸고 낮에 할 일 없이 가만히 앉아 있을 땐 세 그루의 나무를 떠올리며 혼자 미소짓는다.

1888년 6월, 빈센트 반 고흐는 동생 테오에게 이런 편지를 썼다.

"프랑스 지도 위에 표시된 검은 점에게 가듯 왜 창공에서 반짝이는 저 별에게 갈 수 없는 것일까? (……) 늙어서 평화롭게 죽는다는 건 별까지 걸어간다는 것이지."

그리고 얼마 뒤 1890년 봄 「실편백나무가 있는 별이 반짝이는 밤」을 그리며 고갱에게 편지를 하나 더 썼다.

"최근에는 옆으로 별 하나가 보이는 실편백나무 그림을 그리고 있네. 눈에 뜨일락 말락 이제 겨우 조금 차오른 초승달이 어두운 땅에서 솟아난 듯 떠 있는 밤하늘, 그 군청색 하늘 위로 구름이 흘러가고, 그 사이로 과장된 광채로 반짝이는 별 하나가 떠 있네."

그런데 고흐는 결국 별까지 걸어갈 수 있었을까. 그는 고통스러운 삶을 살았고 마지막엔 디기탈리스 과용으로 인한 황시증에 시달렸다. 요즘엔 디기탈리스 추출물 중 하나인 디곡신이 강심제로 널리 처방되지만, 고흐가 살던 시대에 디기탈리스는 특히 간질, 조현병 등의 치료제로 많이 쓰였다. 디기탈리스 추출물을 과용하면 사물을 볼 때 노란빛 혹은 초록빛의 잔상이 만들어지는 황시증이 생기는데, 고흐가 그린 군청색 하늘의 아름답게 반짝이는 노란 별은 바로 이 질환의 산물일 가능성이 크다는 거다. 그러고 보면 진정으로 위대한 예술가는 자신의 몸, 그 자체를 떼어내 작품을 만드는 걸까. 지금도 나는 「실편백나무가 있는 별이 반짝이는 밤」을 침대 머리맡에 걸어두고, 저녁이면 그 신비로운 별빛과 영혼보다 더 짙은 밤하늘, 멀리 자그마한 집 창에서 흘러나오는 불빛을 오래도록 바라본다. 길을 가다가 실편백나무를 만나면, 멈춰 서서 그 오묘하게 생긴 진녹색 나뭇잎을 자세히 들여다본다. 어떤 마음으로 나무를 보면 고흐처럼 그리게 되는 걸까, 생각하면서.

굴참나무는 진정한 나무다. 말 그대로 나무의 전형. 왜냐하면 산에서 가장 많이 보는 게 바로 굴참나무니까. 뒷산에 있는 굴참나무에게 영혼이 있다면—물론 그들은 영혼을 가진다. 만약 우리가 흔히 생각하는 '의식'을 영혼이라고 한다면. 척추동물처럼 한곳에 모여 있는 중앙집중형 뇌가 없을 뿐, 나무는 뿌리와 가지, 잎사귀, 표피에 이르기까지 온몸에 퍼진 모듈형 뇌와 감각기관을 통해 세계를 인식하고 거기에 적응하거나 맞서 싸운다. 우리가 기억하는 방식으로 기억하진 않지만, 분명 나무는 모든 걸 기억하고 그렇게 한 자리에 선 채 수백 년, 수천 년이 지나도록 몸 안에 그것을 아로새기는 거다—그들은 나를 기억하고 있을 것이 틀림없다. 나는 그 나무들 속에서 숨을 고르며 쉬기도 하고, 감탄하거나 웃기도 하며 그러다가 나뭇잎에 손을 대보기도 하면서 걸어가니까. 굴참나무는 한반도 중부지방에 자생하는데 아마 지금 굴참나무가 뭔지 모르는 사람이라도 잎을 한 장 보여준다면 "아, 이거였구나!"라고 외치며 고개를 끄덕일 만큼 흔한 나무이다. 엊그제 산에 갔을 때 아직 굴참나무는 헐벗은 차림새였다. 하지만 며칠 후엔 거기서 새잎이 나올 테고, 조금만 지나면 산 전체가 깊고 짙은 청록색으로 뒤덮일 것을 나는 안다.

그리고 산수유나무.

어릴 땐 정말로 산수유 열매가 만병통치약이라고 믿었다. 그렇다고 누군가가 나에게 산수유 열매를 따다 줬다는 것은 아니다. 그저 김종길 시인의 「성탄제」를 읽으며 그런 믿음을 가지게 되었을 뿐이다. 요즘도 국어 교과서에 있는지 모르겠지만 난 이 시를 좋아했다. 눈을 감으면, 사방은 온통 새하얀데 마당엔 사락사락 눈 내리는 소리, 그때 저쪽에서 어둠을 뚫고 다가오는 아버지의 검은 실루엣, 그의 손엔 빨간 산수유 열매. 남포등으로 밝혀놓은 방에서 아이는 열에 들떠 뜨거운 이마를 아버지의 서느런 옷자락에 갖다 대는 것이다. 시를 어찌나 읽고 또 읽었는지 마침내는 산수유 열매 한 알을 진짜 삼킨 듯한 기분이 들었고, 감기로 누워 있던 밤이면 '나한테도 그 열매가 있다면 얼마나 좋을까' 생각하기에 이르렀다. 하지만 우리 집은 도시에 있었고 산수유 열매를 딸 만한 산이나 숲은 가까이 없었다. 대신에 나는 엄마가 약국에서 지어 온 쓴 가루약을 먹고 겨우 잠들었다.

봄에 꽃이 가득 핀 산수유나무 아래를 지나는 것은 행운이다. 그 노란 꽃들이 별 무더기처럼 혹은 등불처럼 마음 구석구석을 밝혀주니까. 그리고 오늘 난 또 그 행운을 누리며 길을 걸었다. 나무 아래서 세상이 하도 환해지는 바람에 칸토(네 살짜리 푸들이다. 녀석의 이름이 칸토인 이유는, 매일 낮 규칙적으로 산책했다는 임마누엘 칸트처럼 하루도 빠지지 않고 산책을 시켜주겠다는 내 의지의 표현이었음을 밝힌다)는 놀라서 잠깐 멈춰섰고, 난 녀석을 안아 올려 그 이유를 설명해줬다.

"여기 봐, 이 노란 꽃. 이거 때문이야."

신기하게도 강아지는 다 알아듣는 듯 오래도록 꽃냄새를 맡고 있었다.

여름에 우리는

"우리는 워터멜론 슈가로 우리의 삶을 정성 들여 만들었고,
  소나무와 돌이 늘어선 길을 따라,
  우리 꿈의 끝까지 여행해왔다."*

여름이 오면 습관저럼 『워터멜론 슈가에서』를 꺼내 펼친다. 그리고 이제는 거의 외우게 된 문장을 천천히 읽는다. 여름에 수박을 먹기 때문에 이 책을 꺼내는 것인지, 아니면 이 책 탓에 여름에 수박을 먹는 것인지, 그도 아니라면 내가 책장에서 이 책을 꺼낸 덕분에 여름이 오고 수박이 열리는 것인지 헷갈릴 지경이다(과연 뭐가 먼저일까). 그리고 이건 비밀인데, 워터멜론 슈가, 라고 자꾸 발음하다 보면 수박을 먹지 않아도 시원한 화채를 마신 듯 달콤해진다. 믿어지지 않는다면 "워터멜론 슈가"라고 열 번쯤 중얼거려보면 될 일이다.

• 리차드 브라우티건, 『워터멜론 슈가에서』, 최승자 옮김, 비채, 2007.

여름엔 창밖도 자주 본다. 아마 1년 중 가장 오래, 여러 번 밖을 내다보는 계절이 여름 아닐까. 여름엔 하루에도 하늘이 수십 번 바뀐다. 구름이 뭉게뭉게 피어오르다가 갑자기 비가 오는가 하면 순식간에 갓 닦은 유리처럼 파랗게 변한다. 그럴 때도 나는 워터멜론 슈가를 생각한다. 왜냐하면, 워터멜론 슈가에선 매일 다른 색의 태양이 뜨니까. 월, 화, 수, 목, 금, 토, 일. 일곱 색깔의 태양이 뜨는 워터멜론 슈가는 여름에 가장 가보고 싶은 여행지이지만, 거기 가기 위해 트렁크를 챙기고 비행기표를 예매할 필요는 없다. 그저 책을 들고 의자에 앉아 상상할 준비만 마치면 닿을 수 있는 곳이 워터멜론 슈가다.

책의 첫 장을 펼치고 눈을 감으면, 얼마 지나지 않아 어린 시절의 어느 여름밤에 도착한다. 워터멜론 슈가에는 그런 신비로운 힘이 있다.

그 밤에, 우리 가족은 모두 어둠 속에 앉아 있다. 누구 하나 말도 없고 소리도 내지 않고 조용히, 아주 조용히 기다린다. 엄마가 설탕 뿌린 수박 화채를 가져올 때까지. 엄마도 조심조심 주방에서 마루를 지나 안방으로 걸어온다. 우리 가운데엔 이제 커다란 유리그릇에 든 수박 화채, 그리고 흔들리며 타오르는 촛불 하나가 있을 뿐이다. 창은 커다란 담요로 가려져 있다. 작은 촛불 빛이라도 밖으로 새어 나가면 안 되니까. 그건 훈련의 밤이었고, 매년 여름 훈련이 있는 날이면, 우린 촛불을 켜고 의식을 치르듯 진지하게 수박화채를 먹었다. 그런데 왜 굳이 그 어둠 속에서 설탕 뿌린 수박을 먹어야만 했을까. 수박화채가 먹고 싶다면 환한 낮에 먹어도 될 일이었다. 아니면 다음 날 아침이나 점심, 혹은 다른 날 밤 전등을 환히 켜고 먹어도 되고. 하지만 언제부터인가 여름밤 등화관제 훈련으로 온 세상이 칠흑같이 어두워지면 둥글게 둘러앉아 수박을 먹는 것이 관례로 자리 잡았다. 온전한 어둠 속에선 수박도 보이지 않으니 반드시 촛불을 켜야 했는데, 선풍기 바람에 흔들리며 일렁이던 그 여린 불빛은 사방 벽에 기묘한 그림자를 만들어냈다. 만약 그때 스마트폰이 있어서 그 광경을 찍었다면, 조르주 드 라 투르George de La Tour, 1593-1652의 그림 같았을 거다. 촛불과 어둠의 화가라고 불린 조르주 드 라 투르의 그림을 나중에 보았을 때, 나는 설탕 뿌린 수박과 여름밤, "어서 불을 끄세요!"라고 외치는 확성기 소리, 알 수 없는 불안 같은 것들을 떠올렸다. 불안은 마침내 현실이 되어, 저 아래 어딘가에서 이런 방송이 들려왔다. "4층! 촛불 켜고 가려도 다 보입니다! 얼른 끄세요!" 그러면 우린 입으로 훅 불어 촛불을 끄고, 남은 화채를 마신 다음 이 어둠이 어서 지나가길 기다렸다.

여름에 비가 오고 해가 뜨면 어디에나 무지개가 생겼다. 하늘을 가로질러 크게 뜨기도 하지만, 물방울이 있는 곳마다 모든 게 반짝였다. 한번은 놀이터 한가운데, 그네

와 미끄럼틀 사이 공간에 아주 작은 무지개가 맺혔다. 비를 피해 미끄럼틀 아래 있던 나는 그쪽으로 손을 뻗었다. 잡히지 않을 걸 알면서도.

그래서 하는 말인데, 워터멜론 슈가에 대해 쓸 땐 일곱 가지 색깔의 펜이 필요하다고도 생각한다. 빨강, 주황, 노랑, 초록, 파랑, 남색, 보라. 이렇게 다른 색으로 한 줄씩 적어야만 진짜 여름이고, 진짜 워터멜론 슈가니까.

그건 꿈이었을까

내가 열네 살이던 해 초봄 어느 날, 갑자기 폭설이 내렸다. 눈은 내리고 또 내려 아파트 앞 주차장을 하얗게 덮었다. 자동차도 많지 않던 시절이라, 텅 빈 주차장은 드넓은 설원이 되었다. 그렇게 쌓인 눈 위로 봄비가 내리기에 이제 드디어 날이 풀리는가 싶었다. 하지만 날씨는 다시 추워졌고 녹았던 눈은 그대로 얼어붙어 빙판이 되고 말았다. 나는 창밖에 펼쳐진 얼음 벌판을 내다보며 신발장에 넣어둔 스케이트를 떠올렸다. '저 정도라면 스케이트를 신고 달릴 수도 있겠는걸.' (나는 초등학교 6학년 때 반 대표로 스케이트 대회에 나간 적이 있다. 운동 신경이라곤 없는 편이었는데 지금 생각해도 기이한 경험이다. 어쨌거나 난 3등을 했고 부상으로 공책과 연필을 받아서 돌아왔다.)

어둑어둑한 저녁, 스케이트를 꺼내 들고 주차장으로 나갔다. 차도 사람도 없는 희고 매끄러운 빙판은, 아파트 건물의 어스름한 실루엣 사이에서 신비롭게 빛났다. 내

것은 당시 여자애들이 주로 신던 피겨 스케이트화가 아니라 경주용 스피드 스케이트화였고, 그래서 바람을 가르며 쌩쌩 달리기 딱 좋았다. 끈을 조이고 일어서서 허리를 약간 굽힌 자세로 발을 내디뎠다. 곧 속도가 붙었고, 난 아무도 없는 빙판을 독차지한 채 오래도록 스케이트를 탈 수 있었다. 그때 동생도 같이 따라 나와 옆에서 피겨 스케이트를 신고 빙글빙글 돌았는데, 언젠가 그일을 이야기하니 고개를 갸우뚱했다. "그랬던가? 난 잘 기억나지 않는데"라고 중얼거리면서.

그 후로도 사람들과 겨울에 관해 이야기할 때면 언제나 주차장에서 스케이트 탔던 일화를 말했다. 실내 빙상장이나 야외에 물을 얼려 만든 얼음판에서 스케이트를 탄 사람이야 많겠지만, 초봄에 아파트 주차장에서 스케이트를 타본 이는 나밖에 없을 거라는 생각 때문이었다. 실제로 내 애길 들으면 누구나 신기해하며 고개를 끄덕였다. 그런데 이상한 건, 그 이야기를 하면 할수록 모든게 점점 흐릿해져 간다는 사실이었다. 처음엔 눈이 오는 광경이 흐릿해지고, 그다음엔 신발장에서 스케이트를 꺼내는 광경이 흐릿해지더니, 마침내는 주차장 빙판위에서 두 손을 허리에 얹고 선수처럼 달리던 내 모습이 흐릿해졌으니 말이다. 그러던 어느 날, 난 초봄에 내린 눈이 녹았다가 다시 얼어 만들어진 빙판에서 스케이트를 탔던 일 자체가 꿈이 아니었는지 의심하게 되었다.

진짜로 겪었지만 꿈처럼 느껴지는 흐릿하고 옅은 기억 중엔 나방에 관한 것도 있다. 그때도 난 역시 중학생이었는데, 어떤 여름밤 책상에 앉아 책을 읽고 있었다. 무슨 책을 읽었는지 전혀 기억나지 않는 건 나방의 이미지가 너무 생생해서일까. 여하튼 책을 읽는데 어디선가 수많은 새가 일제히 날갯짓하며 퍼덕이는 듯한 소리가 들려왔다. 궁금한 마음에 책상 옆 왼쪽으로 열린 창을 보았을 때, 이럴 수가. 방충망 밖에 수십 마리가 넘는 나방이 가득 붙어 있었다. 다들 날개 하나가 손바닥만큼이나 큰 거대한 나방들이었다. 그들이 크고 둥근 눈으로 내 방을 들여다보며 날개를 퍼덕이고 있었던 거다. 평소엔 나방 공포증이 있지만—나방의 날개에서 떨어지는 미세하고 부드러운 가루가 알레르기를 일으킨다는 걸 어디선가 읽은 후로, 난 평생 나방 공포증에 시달려왔다—이상하게도 그날은 두렵지 않았다. 다만 이렇게나 많은 거대한 나방들이 다 어디서 온 건지 궁금할 따름이었다.

그렇게 방충망에 앉은 나방 떼를 보다가 문득 더 먼 창밖 어둠을 바라보았다. 아마도 태풍이 오고 있어서 바람이 거셌던 것 같은데, 그 무시무시한 공기층을 타고 수천 마리의 나방들이 이리저리 휩쓸려 다니고 있었다. 그들은 춤을 추거나 불빛을 좇아 한가로이 즐기러 나온 게 아니었다. 어딘가 아주 깊은 숲속에 가만히 움츠리고 있다가 바람의 불가항력에 떠밀려 나온 나방들이었다. 입이 없는 벌레들은 아무 소리도 내지 않고 그저 날갯짓만 하며 퍼덕였지만, 만약 그들이 발성할 수 있었다면 여름밤의 검고 습한 공간은 온통 비명으로 가득하지 않았을까. 난 오래도록 서서 홀린 듯 나방 떼를 보았다. 그 중 한 마리가 무리에서 빠져나오더니 창문 앞으로 날아왔다. 까맣게 반짝이는 그의 겹눈과 마주친 찰나, 방충망에 붙은 나방들은 더 세게 날갯짓을 했고, 얼마 지나지 않아 비가 쏟아지기 시작했다.

나방에 관한 일화 또한 기이한 경험이었기에, 해마다 여름이면 사람들에게 그 이야길 들려줬다. 손짓으로 나방의 퍼덕임을 흉내 내기도 했고, 바람이 휘휘 부는 소릴 들려주며 공중을 떠다니던 수천 마리 나방에 대해 말하기도 했다. 사람들은 재미있다는 듯 들으면서도 언뜻언뜻 믿지 못하겠다는 표정을 지었다. "설마, 그렇게 커다란 나방이?" 그들이 반문할 때마다 믿어지지 않겠지만 진짜라고, 나도 평생 그런 광경은 처음 봤다고 주장하곤 했다. 하지만 정말일까? 내가 나방에 관한 꿈을 꿨던 게 아니라고 누가 증명해줄 수 있지? 만약 그게 현실이었다면 왜 나는 그때 읽던 책은 전혀 기억하지 못하는 걸까? 그날 방충망 밖에 떼 지어 앉아 퍼덕이며 내 방을 들여다보던 그 많은 나방은, 순식간에 어디로 가버린 거지?

그리고 오늘 같은 여름밤, 이 모든 기억이 그저 창밖

방충망에 앉은 단 한 마리 나방에게서 비롯돼 다시 떠올랐다면, 언젠가는 그 반대의 일이 일어나는 것도 가능하지 않을까. 그러니까 어느 순간 내 삶의 온갖 기억이 스르르 녹아들어 가루처럼 엷게 부서지더니 한 마리 나방이 되어 사라지는 것.

실솔, 하고 부르면

옥색 고무신이 고인 섬돌 엷은 그늘에선

질질 계절을 뽑아내는

작은 실솔이여.

실솔蟋蟀이 뭔지 알게 된 것은 이수복 시인의 시 「실솔」을 읽은 뒤였다. 실솔, 실솔. 아름답고 부드러운 어감이 좋아서 사전을 찾아보니 귀뚜라미를 뜻하는 한자어라고 나와 있었다.

눈을 감고 상상하면, 이끼 낀 섬돌, 거기 놓인 옥색 고무신 한 켤레, 그리고 어딘가에선 귀뚜라미의 노랫소리까지 귀에 들리는 듯하다.

귀뚜라미와 나 사이엔 특별한 인연이 있다.

초등학교 6학년 때 나는 귀뚜라미를 잡아서 속이 보이는 투명한 유리병에 넣고, 그 작은 몸이 완전히 썩어 흙이 될 때까지 지켜보았다. 내 기억에 그건 '자연' 교과서(지금의 '과학' 과목이다)에 나오는 어떤 실험 과정이었다. 생명이 태어나고 살다가 죽은 다음 부패한 끝에 어떻게 자연으로 되돌아가는지를 직접 관찰하는 실험. 선생님은 네 명씩 조를 짜주셨고 각 조당 귀뚜라미 한 마리, 적당량의 흙, 귀뚜라미가 먹을 만한 약간의 채소, 속이 보이는 투명한 유리병을 준비하라고 했다. 우리 조에서 누가 귀뚜라미를 데려왔는지는 기억나지 않는다. 어쨌든 그 불행한 귀뚜라미는 자신에게 닥칠 일도 모른 채 녹색 페인트칠이 된 책상 위에서 천진난만하게 주위를 둘러보고 있었다. 우린 병 안에 흙을 채우고 물을 조금 뿌린 다음, 배춧잎을 한 장 넣었다. 그러고는 귀뚜라미를 집어넣고 뚜껑을 닫았다. 그렇게 귀뚜라미가 갇힌 병들이, 교실 창가에 열댓 개 정도 줄줄이 놓여 있던 것 같다. 나는 귀뚜라미의 부패에 관한 관찰일지를 썼다.

첫날에 귀뚜라미는 살아 있었고, 배춧잎도 좀 뜯어 먹었다. 둘째 날, 셋째 날이 지나면서 귀뚜라미는 점차 움직이지 않게 되었고, 어느 날엔가 완전히 숨이 멎었다. 귀뚜라미의 갈색 몸은 천천히 썩어갔다. 마지막엔 병 안에 정말로 귀뚜라미가 있었던가 싶을 만큼 흔적도 없이 사라져버렸다. "그게 바로 미생물이 하는 일이지." 선생님은 이렇게 말했다. "모든 건 태어나서 결국 그렇게 자연으로 돌아가는 거야. 흙 속에서 식물의 양분이 되는 거지. 식물은 그걸 먹고 햇빛으로 광합성을 하며 자라고,

우릴 비롯한 동물은 또다시 식물로부터 영양분을 얻으며 살아가고 말이다. 그게 바로 자연의 순환이란다."

나는 몇 번이고 병을 들여다보았다. 살아 있을 땐 이리저리 펄쩍펄쩍 뛰고 밤에는 귀뚤귀뚤 노래하며, 바로 며칠 전까지만 해도 배춧잎을 뜯어 먹던 귀뚜라미가 자연으로 돌아가 버린 그 빈 병을. 왠지 무서운 마음이 들어 소름이 돋았다. 교실 창가에 서 있는 나. 손, 발, 눈, 피부를 가진 나. 생각하고 꿈꾸는 나. 그런 내가 언젠가는 저 귀뚜라미처럼 사라져 없어질 수도 있다니.

그 후로 귀뚜라미는 내게 공포의 대상이 되었다. 귀뚜라미의 단단한 갈색 껍질과 몸을 보면─마치 파블로프의 개가 종소리만 들으면 침을 흘리듯─죽어서 썩어가는 모든 것이 떠올랐다. 메뚜기나 여치, 크고 무서운 앞발을 뽐내는 사마귀, 번들번들한 날개를 빛내며 빠르게 움직이는 바퀴벌레, 이런 것들은 전혀 아무렇지 않은데, 귀뚜라미 앞에서만 두려움에 빠져들었다.

귀뚜라미를 무서워하지 않게 된 건 「실솔」을 읽은 후부터다. 이 청량한 시에서, 실솔은 "능금나무 가지를 잡아 휘는 능금알들"과 함께 햇볕 속에서 익어가며 계절을 뽑아낸다. 마당엔 "한 이파리 으능잎사귀(은행잎사귀)"가 "고향으로처럼" 떨어지며 날린다. 어디를 봐도 가을이 가득하고 그 속에서 시간은 흘러가며 순환한다.

귀뚜라미는 오직 수컷만이 노래하는데, 짝을 찾기 위해 그렇게도 열심히 운다는 것을 그즈음에 처음 알았다. 그러니까 귀뚜라미는 누구보다도 열정적으로 생을 누리고 늦가을과 함께 무無로 돌아가는 것이다. 죽음과 부패는 작은 갈색 귀뚜라미에겐 전혀 두려운 게 아니었다. 그들은 마치 오늘이 영원할 것처럼 한쪽 다리로 다른 쪽 다리를 문지르고—이게 귀뚜라미가 노래하는 방식이다—이 풀잎에서 저 풀잎으로 뛰어오른다.

이제 나에게 귀뚜라미는 살아 숨 쉬는 아름다운 곤충일 뿐이다. 가을이 오는 것을 귀띔해주고 여름이 떠나는 것을 미리 알려주는.

엊그제 밤, 어두운 풀밭 가장자리에서 펄쩍펄쩍 뛰어다니는 귀뚜라미를 보았다.

나는 "실솔"하고 불러봤다. 그러고는 "잘 가라"라고 했는데, 그건 귀뚜라미와 여름에게 동시에 건네는 인사였다.

11월의 비 오는 날, 행복해지기 위하여

"11월이 되자 의사들이 '폐렴'이라고 부르는, 냉정하면서도 눈에 보이지 않는 손님이 찾아와서 얼음같이 차가운 손가락으로 이곳저곳을 헤집고 다녔다."

오 헨리의 소설 『마지막 잎새』엔 이런 문장이 있다. 얼마 전까지만 해도 나는 이게 소설의 첫 문장이라고 믿어왔지만, 이번에 찾아보고서야 아니라는 것을 알았다. 어쨌든 어린 시절 『마지막 잎새』를 읽고 나서, 내겐 늙은 화가가 벽에 그린 담쟁이덩굴이나 폐렴을 앓다 기적적으로 살아난 젊은 화가보다도, 오직 11월에 찾아오는 무서운 폐렴만이 강렬하게 기억에 남았다. 11월이 오면 거리엔 찬바람이 불고, 그러면 무시무시한 병에 걸리고 마는 거지. 내 머릿속엔 이런 도식이 새겨졌고, 그래서 11월을 싫어하게 되었다. 세상을 책으로만 배우던 때였다.

"왜냐하면 아무것도 영원하지 않으니까요. 11월의 차가운 비조차도 말이에요."

90년대 헤비메탈 그룹 건즈 앤 로지스Guns N' Rosess가부른 「November Rain」에서도 11월엔 여전히 차가운 비가 내린다. 뮤직비디오를 보면, 빗속에서 사랑하는 여자는 죽고 거센 바람이 불어와 모든 게 날아가고 만다. 남은 건 축축하고 차가운 빗줄기뿐. 요즘은 어떤지 모르지만, 예전엔 11월에 비가 올 때마다 〈배철수의 음악캠프〉에서 이 노랠 틀어줬다.

11월에 비가 오면, 할머니들은 약국을 더 많이 찾았다. 하나같이 신경통이 도진다며 진통제나 파스를 달라고 했다. 판피린이나 판콜 같이 병에 든 물약을 찾기도 했고, 냄새만 맡아도 목까지 시원해지는 느낌이 드는 신신파스를 한 무더기씩 사 가기도 했다. 뇌신*처럼 가루로 된 약을 달라거나 간혹 게보린 같은 알약을 사 가는 할머니도 있었다. 할머니들이 알약으로 된 진통제를 별로 좋아하지 않는 건, 속이 아프기 때문이었다. 사실 성분이 비슷하기에 알약이나 물약이나 위에 미치는 영향은 별 차이가 없을 테니, 모든 건 마음의 영역에 속하는 문제였다. 단단하고 커다란 알약보단 부드럽고 목넘김이 좋은 물약과 삼키기 쉬운 가루약이 더 위에 좋을 거라는 믿음. 굳이 그 믿음을 깨고 싶지 않아서, 나는 그냥 할머니들에게 고개를 끄덕였다.

추운 날씨엔 관절을 매끄럽게 해주는 관절액의 점도

• 본문 「뇌싱, 뇌신, 뇌-신」(104쪽) 참조.

가 떨어진다. 마치 경첩에 기름칠이 부족하듯 관절이 뻑뻑해지고 통증이 심해지는 것이다. 저기압인 날이면 관절 내부의 상대적 압력이 높아지고, 그게 또 부종과 통증을 일으킨다. 추운 11월에 비까지 내리면, 할머니들은 여기저기 안 아픈 곳이 없다고 했고 헐렁한 바지를 걷어 퉁퉁 부은 무릎을 보여줬다. "한 번 만져봐"라고 말하는 할머니도 있었다. 그 붉으면서도 부어서 묘하게 투명해진 무릎에 손을 대면 차가운 듯 뜨거운 듯 뭐라 표현하기 힘든 느낌에 한동안 가만히 있곤 했다. 내가 손을 얹었던 수많은 무릎. 그 아래로 근육이라곤 하나도 없는 말간 종아리와 왠지 커 보이는 신발이 보였지.

오늘처럼 11월에 비가 내리면, 난 자꾸 무릎을 떠올리고 신경통을 생각하고 코끝이 매워지는 파스나 쓴 물약, 무시무시한 폐렴의 차가운 손가락, 그리고 빗속에서 모든 게 사라져버리는 노래 속 장면에 빠져든다. 그것들은 나를 잡고 주위에서 빙빙 맴돌고 절대 놔주지 않으며 점점 회색으로 변하게 만든다, 세상 전부를.

하지만 다행히 이럴 때를 대비해서 오래전 노트에 메모해둔 비법이 있다. 그건 로베르 아르보라는 프랑스 요리사가 쓴 『오늘의 행복 레시피』라는 책에서 읽은 「완벽한 핫초콜릿 만들기」인데, 방법은 다음과 같다. 먼저, 초콜릿을 준비한다. 가게에서 파는 초콜릿 덩어리를 천천히 녹여 써도 되는데, 카카오 함량이 높으면 높을수록 좋다. 초콜릿을 중탕으로 녹이는 게 불편하다면, 그냥 코코아가루를 써도 된다. 우유를 작은 주전자나 냄비에 넣고 약한 불에 천천히 끓인 다음 크고 두꺼운 머그잔에 조심스럽게 따른다. 거기에, 녹인 다크 초콜릿이나 코코아가루를 넣고 나무숟가락으로 잘 젓는다. 입맛에 따라 설탕을 조금 섞은 후, 반드시 뜨거울 때 마신다. 입으로 후후, 불면서. 구운 바게트를 이 '완벽한 핫초콜릿'에 찍어 먹어도 된다. 그러면, 결국 행복해진다(라는 것이 저 책을 쓴 프랑스 요리사의 주장이었다).

솔직히 말하자면, 비 오는 11월에 완벽한 핫초콜릿을 만들어 마셔본 적은 한 번도 없다. 다만 공책을 펼치고 레시피를 읽어볼 뿐이었다. 그러기만 해도 마음이 따뜻해졌고, 심지어는 정말로 행복해지기까지 했으니까. 검은 초콜릿에서 모락모락 김이 피어오르면 컵을 쥔 상상 속의 손에 온기가 퍼졌다. 그러다가 어느새 빗소리가 잦아들고 구름이 걷히면서, 진짜 겨울이 성큼 다가오는 것이었다.

12월의 호랑이 버터

어릴 때 난 팬케이크를 좋아했다. 삼보라는 이름의 꼬마가 나오는 동화를 읽은 후부터였다. 지금이야 팬케이크 믹스가 나와서, 거기에 우유와 달걀만 넣으면 손쉽게 구워 먹을 수 있지만, 전엔 그렇지 않았다. 팬케이크를 만들려면 엄마의 서양요리 책을 꺼내놓고 밀가루와 설탕과 달걀과 우유를 정확한 비율로 잘 섞어야 했다.

요즘엔 인종차별적 제목 탓에 인기 없는 그림책이 되었지만, 만약 책 표지에 『꼬마 아프리카계 미국인 삼보』라고 적혀 있었다면 왠지 재미가 없을 것 같아 읽지 않았을지도 모른다. 하긴, 생각해보면 동화의 제목을 『꼬마 인도인 삼보』라고 붙이는 게 나았을지도. 연구자들에 의하면, 이 이야기는 작가가 인도에서 체류하는 동안 어디선가 들은 설화를 지인에게 엽서로 써 보낸 데서 유래한다. 무엇보다도 아프리카엔 본래 호랑이가 살지 않으니, 얘기의 발상지는 인도일 가능성이 크고, 따라서 삼보의 국적 또한 인도로 보는 게 옳지 않을까.

어쨌거나 동화에서 삼보라는 꼬마는 엄마, 아빠의 말을 듣지 않고 혼자 밀림으로 간다. 거기서 호랑이들에게 쫓기는 신세가 되는데, 영리하게도 커다란 나무 위로 피신하여 위기를 모면한다. 삼보를 쫓던 호랑이들은 나무 아래를 빙글빙글 돌며 아이가 지쳐서 내려오길 기다린다. 그런데 그들이 그냥 빙글빙글 돈 게 아니라, 서로가 서로의 꼬리를 물고 돌았다는 것이 이 이야기의 포인트 아닐까. 호랑이들은 처음엔 천천히 돌았지만 점점 더 빠르게 휙휙 돌았다.

그들은 밤이 될 때까지 멈추지도 않고 계속해서 돌았다. 아마도 가속도가 붙어서 멈출 수조차 없게 됐던 걸지도. 그중 한 마리 정도는 돌기를 관두고 "아, 차라리 저 애를 안 잡아먹을래!"라고 외치며 원 밖으로 나오고 싶었겠지만, 이미 꼬리에 꼬리를 물고 있는 이상 빠져나갈 길도 없었을 거다. 그리고 마침내 그렇게 돌던 호랑이들은 모두 녹아 버터가 되고 말았다.

지금 생각해도 군침이 돌지만, 난 이 부분이 정말 좋았다. 그림책 속 나무 밑에 가득 쌓여 주르륵 녹아 흐르던 노르스름한 버터라니. 그땐 이게 진짜로 일어날 수 있는 일이라고까지 믿었다. 호랑이들이 아주 빨리, 그야말로 빛의 속도로 돌면, 마지막엔 버터가 된다고 생각한 것이다.

삼보는 그제야 나무에서 내려와 엄마 아빠를 데리고 왔다. 그러고는 버터를 집으로 가져가 팬케이크를 구웠다. 내 기억에 삼보와 아버지와 어머니가 먹은 팬케이크는 300개가 넘었다. 책을 다 읽고 나선 항상 엄마에게 팬케이크를 구워달라고 했는데, 먹을 때마다 실망스러운 마음이었다. 호랑이 버터로 굽는 팬케이크는 이보다 천 배는 더 맛있을 거란 상상을 떨칠 수 없었던 탓이다.

나중에, 그러니까 좀 더 자란 후에, 정말 호랑이로 버터를 만들 수 있는지 알아보았다. 그러나 암만 찾아도 호랑이를 버터로 만들었다는 얘기는 어디에도 없었다. 다만 호랑이로 '호랑이 연고'를 만들었다는 기록만이 몇 개 있었다(물론 '호랑이 연고'에 호랑이가 들어가는 건 아니다. 우리가 알고 있는 호랑이 연고는—빨갛고 조그만 원통형 케이스에 호랑이 얼굴이 돋을새김으로 그려진—이름만 호랑이 연고일 뿐, 그저 박하나 장뇌, 계피 같은 걸 섞어 만든 평범한 외용제에 불과하다). 게다가 이젠 호랑이가 멸종위기종으로 지정되기까지 했으니, 아무리 오래 나무 위에서 버틴다 한들 버터가 될 만큼 여러 마리가 한꺼번에 나타날 가능성도 없지 않은가.

한 해가 다 저물어가는 오늘. 새로 온 달력에 호랑이 그림이 그려져 있다. 노랑과 갈색의 줄무늬를 뽐내며 손을 흔드는 귀여운 호랑이를 보고 있노라니, 본능처럼 호랑이 버터가 떠오른다. 한 번도 먹어보지 못한, 그리고 앞으로도 영원히 맛볼 수 없을 세상에서 가장 맛있는 버터. 나는 아쉬운 마음으로 달력의 첫 장을 넘겼다.

겨울의 한가운데

문득 글루바인을 만들어야겠다고 생각했다. 글루바인을 만든다는 건 겨울로 성큼 들어서는 일이니까. 귤과 정향, 흑설탕을 넣고 푹푹 끓여버리기엔 아까웠지만, 전에 선물로 받은 새 포도주를 꺼냈다. 포도주는 칠레산인데 라벨엔 생산 연도가 쓰여 있었다. 2015년이라고. 한 번도 가보지 못한 나라 칠레의 한여름이 그 안에 가득 담겨 있는지, 병을 들고 창으로 들어오는 햇살에 비춰보자 투명한 보랏빛으로 빛났다. 조심스럽게 코르크 마개를 여니 익고 또 익은 포도의 향이 확 풍겼다.

바닥이 두꺼운 냄비에 물을 붓고 먼저 얇게 썬 귤을 넣었다. 원래 레시피엔 오렌지를 넣게 되어 있지만, 나는 언제나 귤을 넣는다. 아무래도 겨울은 귤의 계절이고(따라서 여름에 나오는 귤은 '진짜 귤'이 아니라고 주장하는 편이기도 하다) 그래서 요맘때쯤이면 항상 귤을 상자째 사두고 먹으니까. 귤껍질을 여기저기 놓아두는 건 내 취미인데, 그렇게 해두면 집은 온통 귤 냄새와 귤빛 주황으로 가득 차서, 해가 진 저녁까지도 태양이 빛나는 느낌을 얻을 수 있다.

귤을 넣은 다음엔 흑설탕을 넣어야 한다. 꿀도 되지만 나는 반드시 흑설탕을 넣고 끓인다. 그래야만 글루바인이 더 뜨겁고 진한 갈색 향기를 띠게 되니까. 마지막으로 정향을 한 줌 넣은 뒤 왼손을 허리에 짚고(마치 대단한 요리사라도 된 듯한 기분으로) 포도주와 흑설탕이 부글부글 끓는 냄비를 긴 나무 주걱으로 젓는 것이다. 집 전체에 차오르는 정향 냄새를 맡으며.

어릴 때 새로 이사 간 아파트에서 엄마는 갑자기 다리가 아팠다. 자가면역질환인 류머티즘성 관절염 때문이었는데, 어찌나 심한지 걸어 다니질 못할 정도였다. 집엔 매일 전기약탕기가 끓고 있었고, 온통 한약 냄새로 가득한 마루에서 난 이제 겨우 걷기 시작한 막냇동생과 놀아주었다. 그때를 생각하면, 집 안이 항상 어두컴컴했던 것 같다. 나중에 "엄마, 내가 초등학교 2학년 때 이사 갔던 집 있잖아, 거긴 왜 그렇게 해가 안 들었어?"라고 물었더니, 엄마는 거기가 해가 잘 들던 남향집이라고 했다. 내가 잘못 기억하는 거라며.

아파서 움직이지 못하는 엄마 대신 아버지가 살림을 도맡았다. 아버지는 엄마가 아픈 동안 매일 아침을 지어 우리를 먹이고 저녁엔 퇴근하여 다시 저녁밥을 지었다. 그런데 나는 아버지가 차려줬던 밥상이 잘 떠오르지 않는다. 그 몇 달 동안, 우린 무엇을 먹으며 자라났던 걸까. 단 한 가지 생생히 기억나는 건 아버지가 자주 끓였던 뭇국이다. 아버지는 맹물에 얇게 썬 무와 소금, 대파, 마늘만 넣고 국을 끓였다. 우리는 둥근 소반에 둘러앉아 뭇국과 밥을 먹었다. 국은 짜면서도 심심했다. 그런데도 밥 한 그릇을 뚝딱 비울 정도로 맛있었다.

그때 난 도시락 대신 빵을 자주 사 갔다. 주로 아파트 입구 작은 슈퍼에서 야쿠르트와 보름달빵을 사서 가져 갔는데, 어느 날 바로 그 여자를 만났다. 학교 가는 길 오른편은 새로 생긴 도로였지만 왼편은 아직도 밭이었는데, 그 밭두렁에서 웬 여자가 갑자기 달려왔다. 그러고는 순식간에 내 손에서 빵 봉지를 낚아챘다.

"내놔, 우리 아부지 제사에 쓸 거란 말이야!"

지금도 선명히 기억하지만, 그녀는 분명 이렇게 외쳤다. 여자는 머리를 풀어 헤쳤고 얼굴은 지저분했다. 누더기 같은 셔츠를 걸친 채 보름달빵과 야쿠르트가 든 봉지를 들고 밭두렁으로 달려가는 여자를 보며, 난 놀랄 틈도 없이 멍하니 서 있었다. 울거나 뭐 그러지도 않았다. 그냥 '저건 내 점심인데'라고 생각했을 뿐이다.

"쯧쯧, 저 여자는 미친 사람이란다. 그러니 어서 가렴. 너무 속상해하지 말고."

지나가던 어른이 내게 와서 말해줬다.

미친 사람. 나는 그날 미친 사람을 처음 본 것이다. 미친 사람은 이상한 옷을 입고 머리는 헝클어진 채 얼굴엔 지저분한 얼룩이 묻어 있으며, 어디선가 쏜살같이 달려와 남의 빵을(그것도 어린 초등학생이 점심으로 먹을 빵을) 빼앗아 가는구나. 난 그렇게 생각했다.

학교에 가서 친구들에게 이야기해주니 다들 눈을 빛내며 들었다. 새로 전학한 지 얼마 안 되어 몰랐지만, 그 여자가 길가에 간혹 출몰한다는 것도 애들에게서 듣고 알게 되었다. 그날 점심엔 친구들과 밥을 나누어 먹었다.

집에 가는 길에 나는 가게에 들렀다. 아침에 빵을 사고 백 원이 남았기 때문이다. 백 원으로 귤 한 알과 고무신 모양의 사탕을 샀다. 귤은 아파서 누워 있는 엄마에게 줄 생각이었고 고무신 모양의 사탕은 내가 먹을 계획이었다. 집에 와서 엄마에게 귤을 주자, 엄마는 고맙다고 했다. 아침에 빵을 빼앗긴 이야기를 하려다가 이내 입을 다물었다. 어쨌든 엄마는 류머티즘성 관절염을 앓고 있고 걱정을 끼쳐봤자 좋을 일은 없을 터이니.

그날 아침 봤던 여자가 갑자기 떠오른 건, 분명 정향 냄새 덕분이다. 강렬한 한약 냄새. 그리고 귤. 이 두 가지의 조합은 언제나 내게 어두웠던 그 집과 누워 있던 엄마, 아버지의 짠맛 나는 뭇국을 떠올리게 하니까.

어느새 글루바인은 다 끓고, 난 커다란 유리잔에 그 향기롭고 뜨거운 액체를 가득 담았다. 바야흐로 겨울의 한가운데로 들어서는 순간이었다.

즐거워지는 법, 혹은
잘 말린 호프로 속을 채운
베개에 관하여

공굴리기의 끝

잘은 모르지만 새로 고슴도치를 데려오면 그 녀석을 잘 굴려줘야 한다고 한다. 어떻게 굴리는지, 그리고 정말 굴릴 수나 있는 건지, 굴리면 고슴도치가 가만히 있는지, 굴린다는 말이 문자 그대로의 의미가 맞는지, 이런 것들은 모르겠지만 하여간 그렇다고 한다. 고슴도치를 굴려주면 고슴도치가 손에 익고, 그래서 그 가시투성이 동물이 나만의 반려동물로 바뀐다는 것이다.

좀 다른 얘기지만, 틱낫한이라는 스님은 마음속의 화를 공처럼 굴리라고 했다. 벌써 수년 전이지만, 그때 틱낫한 스님이 지은 『화』라는 책을 읽었는데 거기 그렇게 적혀 있었다. 화가 나면 그 화를 손에 들고 공처럼 굴리라는 부분에서 나는 피식 웃었다. 화가 공인가? 어떻게 굴리라는 거지? 차라리 화를 내겠어! 이렇게 중얼거리며 책을 덮어버렸다.

그런데 엊그제 밤 갑자기 묘한 기분에 사로잡혔다. 온

갖 해야 할 일과 써야 할 글 때문에 짜증과 불안으로 괴로워하고 있었는데, 문득 오래전 읽은 문장이 떠오른 것이다. 화를 공처럼 굴리라는.

나는 마치 틱낫한 스님처럼 미소지으며 "이젠 나도 모든 불안을 공처럼 굴려야지"라고 중얼거려보았다. 신기한 것은 그 말을 입 밖으로 내는 순간, 정말로 마음이 편안해지고 짜증과 불안이 눈 녹듯 사라졌다는 사실이다. 할 일이 많으면 뭐 어때서? 화가 나면 그것도 괜찮지. 왜냐하면 이렇게 그냥 공처럼 굴리면 되니까. 이런 긍정적인 생각에 빠져들었고 덕분에 평온한 밤을 보낼 수 있었다.

아침엔 새사람이라도 된 듯한 느낌으로 눈을 떴다. 참으로 오랜만에 느껴보는 상쾌한 기분이었다. 노래까지 흥얼거리며 이리저리 돌아다니는 나를, 칸토는 의아한 듯 쳐다보았다. 아마 속으로는 '왜 저러지? 뭐가 잘못됐나?' 따위의 생각을 하고 있지 않았을까.

하지만 정오가 지나고 오후로 갈수록 모든 것이 원래대로 돌아가기 시작했다. 냉소적이고 별로 긍정적이지 못한 본래의 나 자신으로 회귀했다는 뜻이다. 공 따위는 개나 줘버려, 라는 생각이 들었고 실제로 마루에 굴러다니는 작은 공을 발로 차기까지 했다. 그 공을 칸토가 신나게 물고 와서 또 차라며 내 앞에 내려놓았고 나는 무한반복으로 공을 던져주며 강아지와 놀아줘야 했지만 말이다.

알고 보니 전날 밤의 갑작스러운 깨달음은 저녁 즈음 먹은 약 때문이었다. 그날따라 알레르기 비염이 심했고 그래서 평소엔 잘 먹지 않던 초강력 비염치료제를 삼켰던 게 기억났다. 그 이상야릇한 기분(굳이 표현하자면, 뭔가 세상과 일체가 된 듯한 맑고 고양된 느낌?)은 분명 알약 속에 들어 있던 무려 120밀리그램이나 되는 슈도에페드린 때문이었으리라. 약물이 녹아 흡수되는 시간을 대충 계산해보니, 내가 깨달음 비슷한 걸 얻은 순간이 바로 슈도에페드린의 혈중 농도가 최고치에 달했던 때였다!

슈도에페드린은 마황에서 추출한 에페드린과 분자식이 같은 콧물약인데, 화학구조가 암페타민과 비슷하고 그래서 아주 약간의 유사 암페타민 효과를 얻을 수도 있다. 물론 이 글을 읽고 슈도에페드린을 구해서 각성효과를 맛보려는 무모한 짓을 할 사람은 없겠지만 말이다. 일단, 슈도에페드린은 처방전 없이는 구할 수 없다. 본래는 비처방약이던 이 약물이 처방전이 필요한 전문의약품으로 바뀐 이유 역시 그 구조에 있다. 암페타민을 닮은 화학구조. 외국에서 어느 일당이(아마도 미드 「브레이킹 배드」의 주인공 같은 사람이겠지만. 거기서 화학교사인 주인공은 그런 약품을 구해 지하실에서 몰래 마약을 만든다) 슈도에페드린을 잔뜩 사서 거기에 화학반응을 일으켜 대량의 메스암페타민(일명 필로폰이라고 불리는 금지약물이다)을 제조하는 사고를 쳤다. 외국만이 아니라 우리나라에서도 꽤 여러 사람이 비슷한 시도를 하다 감옥에 갔다.

사실 그게 그리 어려운 일도 아니다. 시약과 도구, 그리고 비밀실험실 정도만 갖추면 누구나 콧물약에서 메스암페타민을 만들어낼 수 있을 테니까. 어쨌든 그리하여 슈도에페드린은 함부로 구할 수 없는 약이 되었고, 이제 콧물약에서 마약을 제조하는 일은 불가능해졌다. 게다가 어찌어찌하여 슈도에페드린이 든 비염 치료제를 구해서 삼킨다 한들, 그 느낌은 암페타민이 일으키는 엄청난 각성효과의 반의반도 따라가지 못할 것이다. 그러느니 차라리 커피를 두어 잔 더 마시거나 박카스를 한꺼번에 두 병 마셔버리는 게 낫지 않을까.

다시 공굴리기 얘기로 돌아가자면, 결국 그 약은 내 안에서 녹아 서서히 사라져 배출됐고 나는 원래의 '나'로 완전히 되돌아왔다. 칸토는 그런 걸 아는지 모르는지 공을 던지라며 부지런히 물어오고, 나는 내가 '공굴리기'에는 영 소질이 없다는 사실을 깨달으며 그 공을 뻥, 차준다. 고슴도치를 데굴데굴 굴려서 나만의 고슴도치로 만드는 대신 그냥 고슴도치 그 자체로 곁에 두는 것도 괜찮지 않겠냐고 중얼대면서 말이다.

오멘과 오멘

괜히 환자에게 주기 미안한 약이 있다. 성분이 이상하거나 부작용이 있어서 그런 게 아니다. 이름이 기이하거나 색깔과 모양이 기괴한 약들. 가뜩이나 기분도 안 좋은데(약국이나 병원에서 약을 타가는 이들 중 밝고 환하게 웃는 사람을 본 기억은 거의 없다. 다들 아프니까 약을 가져가는 거다) 손에 든 처방전을 내려다본 순간 하필이면 '오멘'이라는 약명이 떡하니 적혀 있다면? 나라도 표정이 일그러지고 말 것이다. 왜냐하면 (적어도 내 기준에서) '오멘'은 세상에서 가장 유명한 공포영화 중 하나니까.

원래 이 약의 오리지널 제품은 다국적 제약사인 글락소스미스클라인의 '오구멘틴'정이다. 벌써 수십 년째 널리 쓰이고 있는 오구멘틴에 대해 얘기하자면, 최초의 항생제인 페니실린으로까지 거슬러 올라가야 할지도 모른다. 페니실린을 개량한 아목시실린에 내성균을 억제하는 클라불란산을 섞은 복합제제가 오구멘틴정이기 때문이다. 아목시실린이 워낙 많이 처방되니까 당연히 일부

박테리아들은 거기에 대항해서 살아남는 법을 익혔는데, 뛰는 놈 위에 나는 놈 있다고, 클라불란산은 그들의 효소를 억제해서 내성을 발현하지 못하게 만든다. 그렇다고 오구멘틴이 아목시실린 내성균에 만능인 것은 아니다. 박테리아들은 영원히 진화하고 인간은 거기에 맞춰서 또다시 약을 만들어낸다. 이 싸움은 마지막에 어느 편이 이기고 어느 편이 박멸되는, 그런 부류의 전쟁은 아닐 거다. 그저 자연에서 살아가는 존재라면 결코 벗어날 수 없는 무한한 궤도 같은 것?

다시 '오멘'에 대한 이야기로 돌아가자면, 이 약을 출시한 회사는 오리지널 항생제인 오구멘틴의 제네릭 의약품을 만들면서 가장 유사한 이름을 짓기 위해 고심했으리라. '뭘로 할까? 오틴? 오구? 구멘? 그래, 오멘! 딱 들어도 오구멘틴과 제일 비슷하잖아. 좋아서.' 하지만 그렇게 생각해낸 약 이름은 슬프게도 공포영화 제목과 같아지고 말았다. 아마도 약 이름을 지은 누군가는 호러를 별로 좋아하지 않았던 듯한데, 약물 정보 사이트에 기재된 스펠링마저 1977년 리처드 도너의 그 유명한 영화와 같은 'Omen'인 걸 보면 틀림없다. 혹시 공포물을 싫어해서 영화 「오멘」을 모르는 이를 위해 간단히 설명하자면, 로마에서 6월 6일 새벽 6시에 적그리스도가 태어나고 그 어린아이가 세상을 집어삼키기 위해 무시무시한 행각을 이어간다는 내용이다. 마지막의 찜찜하고 음산한 장면이 압권이지만, 스포일러가 될 테니 이쯤에서 입을 다무는 게 낫겠다.

그러고 보면 발기부전 치료제인 '비아그라' 복제약들의 이름은 그나마 나은 걸지도 모른다. 적어도 그 약들은 처방전을 받아든 사람에게 야릇한 희망과 묘한 웃음을 선사할 테니까. 나이아가라 폭포처럼 강력한 뭔가를 연상하게끔 지어졌다는 이름 '비아그라'는 오히려 별다른 느낌이 없지만, '팔팔'이나 '누리그라', '해피그라', '바로필', '발탁스' 같은 약명을 보면 이 푸르스름한 알약을 삼키는 순간 어떤 일이 일어날지 확연히 예감할 수 있지 않을까.

그런데 약은 이름만이 아니라 모양도 중요하다. 지나치게 큰 알약, 색깔이 현란하다 못해 무섭게까지 느껴지는 약 역시 환자에게 건넬 때 미안한 느낌을 감출 수 없기 때문이다(요즘엔 별로 쓰지 않지만, 한때 자주 처방되던 암피실린계 항생제 캡슐이 떠오른다. 그 약은 캡슐 길이만 장장 2센티미터에 육박했고 반은 진노랑 반은 검정이었다. 투명한 약포지 안에 위풍당당하게 들어 있는 그 캡슐은 노랑/검정의 배합 덕분에 위험을 알리는 경고 같았고 혹은 커다란 독침을 가진 말벌 같기도 했다. 무엇보다도 그걸 삼킬 때면 서너 컵의 물을 옆에 준비해두는 게 필요해 보였다. 그렇게 거대한 캡슐은 절대 한 번에 목으로 넘어가지 않을 테니까).

그래선지 지금도 난 파스텔톤의 부드러운 색상에 적당한 크기를 가진 알약들로 구성된 조제약을 보면 기분이 즐거워진다. 적어도 이걸 가져갈 환자는 약을 삼킬 때 심신이 덜 힘들 테니 말이다.

비도 오고 바람도 스산하게 부는 8월의 마지막 날, 문득 공포영화가 떠올라서 이것저것 찾아보다 리처드 도너 감독이 얼마 전 세상을 떠났다는 걸 알게 됐다. 「슈퍼맨」이나 「오멘」은 워낙 옛날 영화지만, 「리썰 웨폰」 시리즈만으로도 그는 나에게 말할 수 없이 큰 즐거움을 안겨줬다. 그의 명복을 빌며 영화 「오멘」을 다시 봤고 그러다가 알약 '오멘'까지 생각한 밤이었다.

공포영화의 바깥에서

들어가기에 앞서, 공포영화 속 주인공이라면 반드시 숙지해야 할, 살아남는 방법 열다섯 가지를 적어보겠다.

1. 일단 히치하이킹을 절대로 하지 말라. 당연히 히치하이커를 태우지도 마라. (낯선 사람들과 얽혀봤자 좋을 거 하나 없다.)

2. 여행을 떠나기 전에 자동차를 확실히 정비하라. (중간에 차가 망가져 낯선 마을에서 묵게 되는 위험을 피할 수 있다.)

3. 차에는 무조건 기름을 가득 채워라. 할 수만 있다면 여분의 기름을 한 통 이상 트렁크에 싣고 가라. (외딴 도로에 있는 주유소에서 사이코들과 만나지 않으려면.)

4. 지도는 엄청나게 정확한 걸로 가져가라. 나침반은 필수고, GPS를 장착하라. (낯선 곳에서 길을 잃으면 끝장이니까.)

5. 위험에 처한 사람은 돕지 마라. (냉혹하게 들리겠지만 어쩔 수 없다. 대부분 그들은 가짜다.)

6. 정 도와야겠다면 조금만 도와라. 돕다가 안 되면 그냥 떠나라. (너무 깊숙이 개입하는 순간, 절대로 빠져나올 수 없게 된다.)

7. 통신 수단을 확보하라. 휴대폰이 안 될 때를 대비하여 모스 부호라도 날릴 수 있는 기계를 챙겨라. 수신호용 깃발이나 조명탄을 가져가는 것도 고려해보라. (가장 위급한 순간엔 반드시 전화기가 망가진다는 사실을 기억할 것.)

8. 아무도 믿지 마라. (심지어는 경찰이나 구조대도 믿지 말아야 한다.)

9. 누군가 따뜻한 한 잔의 차를 권하면, 쏟아 버려라. (대부분 그들은 한통속이다. 분명 마시면 정신을 잃게 될 거다.)

10. 절대 흩어지지 말고 같이 다녀라. (아무리 전기톱을 들고 설쳐도 여러 명이 한꺼번에 맞서면 살 수 있다. 꼭 뿔뿔이 흩어져 다니다 망한다.)

11. 도망칠 땐 숲 쪽으로 가는 게 낫다. 건물로 뛰어들면 결코 안 된다. (왜냐하면, 그 건물은 다른 출입구가 망가지거나 잠겨 있을 테니까. 결국 독 안에 든 쥐가 되는 셈. 차라리 자연스레 몸을 숨길 수 있는 숲이 낫다.)

12. 아무도 없는 것 같다고 고개를 내밀고 내다보는 건

바보나 하는 짓이다. (최대한 안 보이게 숨어서 빠져 나갈 궁리를 해라.)

13. 쇠붙이로 문 따는 법과 전선 끝을 부딪쳐서 시동 거는 법 정도는 배워둬라. (만약 갇혔을 경우 문을 따고 나올 수도 있고, 폐차된 차의 시동을 걸어 바로 출발할 수도 있으니까.)

14. 설령 폭우가 몰아쳐도 예정에 없던 허름한 모텔에 묵는 우를 범하지 말라. 그런 곳에 들어서느니 차라리 비바람을 뚫고 미친 듯이 달려라. (호랑이굴에 제 발로 걸어 들어갈 필요는 없다.)

15. 사지死地에서 빠져나와 다른 사람의 차를 얻어탔다면, 먼저 빠르게 자초지종부터 설명해라. 그러니까 이런 식으로. "저 마을엔 미치광이 살인마가 살고 있어! 난 방금 거기서 빠져나왔고!" 그러지 않고, '아, 이젠 살았어.' 따위의 감상에 빠져 눈물 흘리고 있으면, 운전자는 도움을 청하겠다며 당신이 방금 도망쳐 나온 마을로 핸들을 돌리고 있을 테니까. (그럼, 모든 게 허사다.)

어젯밤 넷플릭스에 「텍사스 전기톱 학살 2022」라는 영화가 올라와 있는 걸 보았다. 물론 보지는 않았다. 비록 내가 공포영화를 좋아하긴 하지만, 대놓고 사람을 마구 죽이는 내용은 아무래도 피하고 싶기 때문이다. 무엇보다도 이 기분 나쁜 텍사스 전기톱 시리즈는 줄거리가 너무 뻔하다. 그냥 첫 장면만 보아도 '아, 저 사람은 살고 재는 죽겠구나' 이런 걸 완벽하게 예측할 수 있고, 그래서 무섭다는 느낌은커녕 쏟아지는 잠과 사투를 벌여야 한다. 비슷한 계열의 영화라고 해도 난 웨스 크레이븐(슬프게도 지금은 세상에 없지만. 그는 2015년에 세상을 떠났다)의 「나이트메어」 시리즈나 「스크림」 같은 걸 좋아하고, 「핼러윈」이나 「13일의 금요일」 같은 영화를 싫어한다. 또, 제목만 떠올려도 온갖 장면이 여전히 눈에 선한 「샤이닝」이나 현실과 비현실을 구분할 수 없게 해주는 「알 포인트」를 최고의 영화로 생각하고, 희대의 악당끼리 만나 뜬금없는 대결을 벌이는 「프레디 VS 제이슨」을 멍청하다고 여기며(참고로 말하자면, 프레디는 「나이트메어」 시리즈의 악당이고 제이슨은 「13일의 금요일」 시리즈의 살인마다. 이 이상한 영화에서 둘은 무슨 이유에선지 서로 만나는데, 본 지가 하도 오래되어 기억은 가물가물하지만, 꿈속에서만 힘이 강력해지는 프레디가 제이슨을 이겼던 것 같다. 아니, 그 반대였던가? 하긴, 누가 이긴들 무슨 의미가 있겠냐마는 말이다), 아무나 데려와 가둬놓고 못살게 구는 「쏘우」 타입의 영화를 미워한다. 「인시디어스」는 그나마 첫 번째 편이 가장 낫다고 생각하고 그 뒤로 줄줄이 이어지는 제임스 완 유니버스엔 '글쎄……?'라며 고개를 갸우뚱한다.

아직도 어떤 이들은 공포영화를 좋아하는 사람을 이상하게 본다고 한다. '본다고 한다'라는 표현을 쓴 이유는, 내 주변엔 그런 사람이 없기 때문이다. 다만 소문으로 그런 편견이 있다는 걸 전해 들었을 뿐이다. 사실, 적당한 공포영화는 건강에 도움이 된다. 공포와 흥분에 빠졌을 때 분비되는 아드레날린은—너무 과도하면 안 좋겠지만—인체의 신진대사를 활발하게 해준다. 무엇보다도 공포영화는 뉴스나 신문에 매일 나오는 어둡고 우울하고 무서운 소식들로부터 받을 마음의 상처에 맞설 힘을 준다. 뭐랄까, 일종의 백신이라고 하면 될까. 공포영화의 무서움은 그 바깥에서 일어나는 사건 사고들이 자아내는 진짜 공포에 비하면 아무것도 아니다. 그렇지 않은가. 기껏해야 텍사스 전기톱 살인마는 가짜 전기톱을 들고 가짜 얼굴 가죽을 붙인 채 텅 빈 마을을 뛰어다닐 뿐이다. 그렇지만 우크라이나를 비롯한 세계 곳곳에선 정말로 사람들이 죽어가고 어디에선가는 화산이 폭발하며 한밤중엔 술에 취한 자들이 미치광이처럼 차를 몰고 씽씽 달리는 데다, 아무도 모르는 곳에선 어린아이가 학대당하고 누군가는 지금도 고양이를 산 채로 불태우고 있다.

　어릴 적에 나는 겁이 많기로 유명했다. 그땐 눈이 컸는데, 그래서 어른들은 이렇게 말했다. "눈이 크면 원래 겁이 많은 법이란다." 나는 겁이 많은 이유가 눈이 크기 때문이라고 믿으며 자랐다. 나중에서야, 눈이 크면 두려움을 느낄 때 동공이 커지는 게 더 잘 보이고—이 역시 아드레날린 분비로 인해 생기는 효과지만—그렇기에 눈이 큰 사람은 겁이 많다는 속설이 생겨났음을 알게 됐다. 아침에 학교에 갈 때 그리고 오후에 집에 돌아올 때, 난 언제나 다니던 길을 벗어나지 않으려 노력했다. 세상 어딘가엔 4차원으로 떨어지는 보이지 않는 통로가 널려 있고, 만약 평소와 다른 길로 발을 디뎠다가 그리로 빠져들면 영원히 이 세상으로 돌아오지 못할 거라 여긴 탓이다. 그런 나의 두려움은, 『보물섬』이라는 잡지에 실린 '4차원으로 빠져버린 배와 사람들 이야기'를 반복해 읽으며 서서히 치유됐다. 아마 그때부터였을까? 허구의 공포를 통해 실제 세상의 누려움을 극복하기 시작한 것은?

그러고 보면 꽤 많은 사람이 내게 가장 무서웠던 공포 영화가 뭐냐고 물었다. 그때마다 나는 폴 앤더슨 감독의 「이벤트 호라이즌」이 최고의 공포영화라고 대답하곤 했다. 왜냐고 묻는다면 봐야만 알 수 있다고 답하는 것이 가장 현명하겠지만, 그래도 굳이 이유를 말하자면, 적어도 여기엔 위에 적은 열다섯 가지 클리셰들이 거의 없기 때문이라고 할까. 게다가 우주의 검고 막막한 공간에서 극도의 공포에 빠져들다가 마지막엔 이상한 슬픔마저 느낄 수 있으니, 순간의 아드레날린을 위한 선택치곤 꽤 괜찮지 않은가 말이다.

기분 좋은 생각 하나

집 가까운 도서관에선 1년에 한 번 책을 나눠준다. 아마 너무 오래되거나 중복 소장하고 있는 책들을 처분하기 위한 행사일 거다. 올해도 로비 한편에 작은 서가가 설치되고, 거기에 일종의 버림받은 책들이 놓여 있었다. 도서관으로부턴 버림받았을지 몰라도 만약 누군가가 집으로 데려간다면 그 책은 새로운 삶을 부여받은 셈이다. 내가 챙겨온 몇 권의 책도 그렇게 다시 태어났다.

다시 태어난 책 중에 『뉴턴 하이라이트』 한 권이 끼어 있었다. 본래 이 시리즈를 좋아해서 마음에 드는 건 사서 모으는 편이었는데, 이상하게도 『완전 도해 주기율표 - 화학의 비밀을 정복한다』는 갖고 있지 않았다. 어쩌면 '주기율표'라는 단어가 주는 생래적인 거부감 때문이었을지도 모른다(나와 주기율표 사이의 슬픈 사연은 맨 앞 프롤로그에 간단히 적어두었다). 작은 책장 맨 아래 웅크린 채 새 주인을 만나길 기다리던 이 뉴턴 하이라이트는, 워낙 낡은 책이어서 그런지 마지막 원소가 111번까지만 표기돼 있었다(지금은 118번 원소인 오가네손까지 명명되어 있다). 그럼에도 표지 안쪽에 붙어 있는 커다란 주기율표 포스터를 보자 마음이 두근거렸다. 한때 나는 이 표를 벽에 붙여두고 지낸 적이 있으니까.

그날 가져온 책 중엔 등산에 관한 잡지가 두어 권 있었고(언젠가는 본격적으로 전국의 산을 다 다녀보겠다는 오래된 꿈을 난 아직도 버리지 못했다), 금빛 장식이 휘황한 불교 경전이 한 권 있었으며(마음의 평온과 안식은 내 안에서 나온다는 걸 여전히 깨닫지 못한 채 끊임없이 이런 책을 모아들인다. 마치 책장에 꽂아두기만 해도 거기서 알 수 없는 영적인 기운이 흘러나와 내면을 풍성하게 해주리라 기대하는 듯이), 만지면 부스러질 법한 범우사 판 동양의학 해설서도 있었다(사실대로 말하자면, 이 책을 왜 가져왔는지 아직도 알지 못한다. 집엔 대학교 때 교재를 비롯하여 꽤 여러 권의 한방 서적이 있고, 그마저도 자주 펼쳐보지 않게 된 지 한참 되었으니까). 하지만 책을 가득 담은 가방을 내려놓고 가장 먼저 집어 든 건 바로 『완전 도해 주기율표 – 화학의 비밀을 정복한다』였다.

그대로 바닥에 앉아 111개 원소들의 형태와 쓰임새, 유래에 대한 글을 차근차근 읽다 보니 23번 원소인 바나듐Vanadium, 원소 기호 V에 관한 이야기에 마음이 끌렸다. 바나듐, 바나듐. 왠지 부드럽게 입속에서 굴러가는 이 원소의 이름 때문일까.

바나듐은 아주 소량만 첨가해도 다른 금속을 단단하게 만들어주는 성질을 지니며 내식성과 내열성이 뛰어난데, 홑원소 상태에선 플랜트용 배관 같은 곳에 많이 쓰인다. 플랜트가 무엇인지 궁금하여 찾아보니, 석유나 가스, 담수를 생산하는 설비나 공장을 짓는 공정을 뜻한다고 적혀 있었다. 바나듐을 섞은 철강은 원자로나 터보 엔진의 터빈 같은 뜨거운 환경에도 끄떡없고, 가벼우면서도 튼튼한 특성 덕분에 자동차를 만드는 데에도 쓰인다. 게다가 드릴이나 스패너 같은 공구를 제작할 때도 바나듐 철강이 사용된다 하니, 알고 보면 바나듐이야말로 우리와 정말 가깝고도 친숙한 원소 아닌가.

특이한 건 바나듐이라는 원소명의 유래였다. 바나듐, 바나듐. 자꾸 발음하다 보면 노란색 바나나가 떠오르기도 하는 이 부드러운 이름은, 스칸디나비아 신화에 나오는 사랑과 미의 여신 바나디스Vanadis에게서 따온 거라고 했다. 바나듐을 처음 발견한 사람은 스페인 광물학자 안드레우 마누엘 델 리오였지만 원소를 추출할 때 기법상의 오류가 있다는 게 지적되어 곧 취소되었다. 그로부터 30년쯤 지난 1830년에 스웨덴 화학자인 닐스 가브리엘 세프스트뢰이 다시 한번 바나듐을 정제하여 추출하는 데 성공했고, 드디어 정식으로 이름을 지을 수 있었다. 그는 그 새로운 원소를 바나듐이라 불렀는데, 중간에 최초 발견자를 기리는 의미에서 리오듐으로 바꾸자는 의

견도 있었지만 끝까지 뜻을 꺾지 않았다.

그런데 세프스트룀은 왜 하필 새로 찾아낸 원소에 사랑의 여신을 떠올리는 이름을 붙인 걸까. 혹시 원소를 발견할 당시 누군가와 사랑에 빠져 있던 것은 아닐까. 찾아본 바에 의하면, 세프스트룀이 그런 이름을 명명한 이유는 그저 바나듐 화합물을 녹인 용액이 너무나 아름다운 색을 띠고 있어서였다고만 나와 있었다. 하지만 누가 알겠는가. 바나듐에 담긴 어느 스웨덴 화학자의 비밀을. 그러니까 영원히 호명될 원소의 이름을 통해 자신의 사랑에 시공간을 초월하는 절대성을 부여했을는지를 말이다.

어쨌든, 난 이런 얘기를 하고 싶었다. 앞으로 스패너로 나사를 조이거나 드릴로 어딘가에 구멍을 뚫을 때면(그런데 과연 이럴 일이 몇 번이나 있을까?) 자연스럽게 바나듐이 떠오를 거라는 기분 좋은 생각. 공구를 다룰 때만이 아니라 자동차를 탈 때나(이건 거의 매일 일어나는 일이다) 터보 엔진의 터빈을 마주할 때도(아마도 일생에 두어 번 정도는 되지 않을까) 바나듐을 떠올리며 그 이름에 담긴 이야기와 비밀을 상상하겠지. 그건 차가운 회색빛 금속이 다채로운 빛깔의 부드러운 뭔가로 바뀌는 순간일 테니까.

800만 가지 죽는 방법 중 단 한 가지 방법

(제대로 기억하는 건지 알 수 없지만) 내가 다닌 고등학교의 평면도는 대충 이런 모양이다. 그리고 각 건물의 용도는 다음과 같았다.

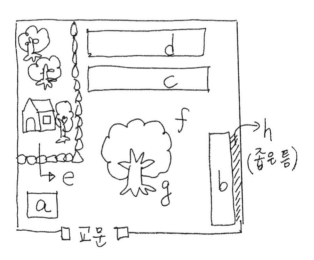

a-수위실. 정문을 들어서면 바로 왼쪽에 있었다.

b-1학년 교실이 있던 별관

c-본관이다. 여기엔 교무실과 2학년, 3학년 교실이 있었
는데, 중앙현관을 들어서면 음울하고 어두운 얼굴을
한 신사임당의 거대한 청동 흉상이 우릴 내려다보고
있었다. 밤엔 정말 귀신 같아서 핼러윈데이에 그 뒤에
숨어 있다가 지나가는 친구들을 놀려주었다.

d-과학실, 도서관 등이 있던 또 하나의 별관.

e-여기가 숲이었다. 숲이라고 하기엔 좀 부족하지만, 학
교에 있는 수풀치곤 꽤 울창했다. 이 숲속에 기자재 등
을 보관해두던 오두막 형태의 작은 창고가 있었다.

f-운동장이다. 난 자주 지각을 했고 그래서 홀로 운동장
을 열 바퀴씩 뛰는 벌을 받곤 했다. 그럴 때 창으로 내
다보며 응원해주던 친구들이 생각난다.

g-그 유명한 60살 된 목백합나무다. 그때 60살이었으니
이젠 어림잡아도 아흔이 넘은 건가? 목백합나무는, 그
림에선 저 모양이지만, 아주아주 굵어서 나무 뒤에 대
여섯 사람이 동시에 숨어도 들키지 않을 수 있었다. 우
리는 체육 시간에 오래달리기를 하다가 대열에서 몰
래 빠져나와 저 나무 뒤에 숨어 있었다. 그러고는 맨
마지막 바퀴에 합류하여 들어오곤 했는데, 선생님은
끝까지 눈치채지 못했다.

h-별관과 학교 담장 사이엔 좁은 틈이 있었다. 나는 먼

지 낀 창을 통해 그 틈을 내려다보며, 에드거 앨런 포가 쓴 「모르그가의 살인 사건」을 생각했다. 소설에서처럼 이 좁은 틈에 구겨 박힌 시체가 발견된다면? 그러나 학교에 오랑우탄이 있을 리 없고 따라서 「모르그가의 살인 사건」 같은 작품이 만들어지는 것은 불가능했다. (최초의 탐정추리소설로 일컬어지는 이 작품에선, 벽난로의 틈에 처박힌 시체의 범인이 오랑우탄으로 나온다.)

여하튼, 당시 내가 처음으로 쓴 (그러나 완성하지 못했던) 추리소설의 제목은 「토끼 인형 살인 사건」이었다. 엄청나게 많은 추리소설을 읽은 끝에 나도 하나 써보고 싶단 생각이 들어 시작했는데, 애거사 크리스티의 『그리고 아무도 없었다』(원제가 열 개의 인디언 인형……이었던가?)를 흉내 낸 오마주 비슷한 작품이었다. 거기에다 또 뭐였더라, 크리스티의 소설 중에 마더구스 동요에 맞춰 차례로 살인이 일어나는 얘기가 있었는데, 그것도 일부 모방했다.

내가 쓰던 소설에선 마더구스 대신 "숲속 작은집 창가에 작은 사람 하나 섰는데 / 토끼 한 마리가 뛰어와 문 두드리며 하는 말 / 여보세요, 여보세요, 나 좀 살려주세요 / 작은 토끼야, 들어와 편히 쉬어라"라는 노래에 맞추어(언제나 하는 생각이지만, 이 노래는 동요치고는 너무 음산하다. 노래 전반에 흐르는 알 수 없는 불안감이라니. 게다가 숲속 작은집 창가에 서 있다가 이 모든 일이 일어날 것을 예견했다는 듯 토끼를 안으로 데려가는 사람의 정체는 대체 무엇이란 말인가) 살인 사건이 일어나는데, 시체가 발견되는 곳이 그림의 'e'에 해당하는 숲속 창고였다. 그리고 시체가 하나씩 발견될 때마다 그 앞에 떨어져 있는 분홍색 토끼 인형! 그 사건을 천재적인 고등학생 탐정(그건 바로 나였다)이 추적하며 사악한 범인을 찾아낸다는 게 기본 설정이었다.

하지만 결국 나는 소설을 완성하지 못하고 말았다. 살인 동기와 방법을 만들어내는 데 실패했기 때문이다. 아무리 머리를 짜내도 범인이 사람들을 왜 죽여야 하는지 알 수 없었고, 무엇보다도 어떻게 죽여야 하는지도 난감할 뿐이었다. 그러니까 800만 가지나 된다는 온갖 죽는 방법 중에서 단 한 가지도 찾아내질 못했던 거다(참고로, 『800만 가지 죽는 방법』은 내가 좋아하는 작가 로런스 블록의 소설 제목임을 밝혀둔다). 애거사 크리스티 소설에 자주 나오는 것처럼 약물을 이용한 살인도 구상해봤지만, 어디서도 그와 관련된 전문적인 지식을 찾을 수 없었다. 지금이야 인터넷만 대충 뒤져도 온갖 약물과 그 작용을 다 알 수 있지만, 슬프게도 그땐 그런 게 없었으니까. 학교 도서관에도 독극물에 대한 책은 없었는데, 사서 선생님에게 물어보면 의심스러운 눈초리와 함께 "그런 책을 뭐에 쓰려는 거지?"라는 질문만 받을 것이 뻔했다. 고심하는 사이 어느덧 중간고사가 다가왔고, 나는 토끼 인형이 떨어져 있는 숲속 창고 그림과 초반 몇 페이지의 이야기만을 남긴 채 노트를 접어야 했다. 어쩌면 시험을 핑계로 안 풀리던 소설에서 손을 뗀 건지도 모르지만.

나중에 약대에서 독성학과 약리학을 배우며 그 미완성 소설을 다시 떠올렸다. 애거사 크리스티가 추리소설을 쓰기 전 수년간 약국에서 약제사 보조 일을 했다는 사실을 알게 된 것도 그즈음이었다.

'만약 그때 이 책이 있었더라면' 난 두껍고 무거운 독성학책과 약리학책을 펼칠 때마다 속으로 중얼거렸다. 한동안은 「토끼 인형 살인 사건」을 완성할 계획을 세우기도 했는데, 암만 찾아도 예전의 그 노트는 보이지 않았다. 스프링으로 제본된 낡은 연습장, 그 안에 담긴 숱한 구상과 스케치들. 이제 그것은 우주를 떠도는 무한한 이야기들 중 하나가 되어 어딘가를 둥둥 떠다니겠지. 그러다가 언젠가는 내게 또 한 번 찾아와줄까? 글쎄, 그건 두고 보면 알 수 있겠지만.

감기에 대한 몸과 마음의 식이요법

오터런이라는 새가 있다(고 한다). 오터런은 아마도 원래는 프랑스어로 다르게 발음해야 할 것을 책의 번역자가 영국식으로 적어놓은 것임이 틀림없다(고 나는 추측한다).

오터런을 요리하는 방법은 매우 특이하다. 그리고 오터런은 세상에서 가장 비싼 요리 중의 하나다. 음식 자체도 비싸거니와, 만약 이 요릴 먹다가 걸리면 벌금이 엄청나다는 것이다. 오터런으로 만든 요리의 맛이 너무 좋아서 이 새가 멸종 위기에 처했기 때문이라는데, 그래서 부자들은 몰래 오터런 요릴 먹었다고 한다. 프랑수아 미테랑도 살아 있을 때 마지막으로 오터런을 맛보고 죽었다는데 어디까지 사실인지는 확인할 길이 없다.

다음은 내가 오래전 어떤 책에서 읽은 오터런 요리 레시피이다. 아마 그 책의 제목은 『악마의 정원에서』였을 테지만, 정확히는 기억하지 못한다.

※경고: 아래 이어지는 오러런 요리법은 꽤 잔인하므로, 심약한 사람은 읽지 마시길.

1. 오러런을 잡는다. (이때 오러런은 아주 작은 아기새여야 한다. 메모에 의하면 무려 엄지발가락만 한 오러런을 잡아야 한다고 되어 있다.)

2. 아기 오러런을 작은 우리에 넣는다. (오러런이 절대 운동할 수 없도록 꽉 끼는 우리에 넣으라는 것이다.)

3. 오러런에게 매일 향기로운 곡물 씨앗을 먹인다. (예를 들면 무화과나무 씨앗 같은 것들, 만약 참기름향이 나는 오러런이 좋다면 참깨를, 들기름향이 나는 오러런을 원한다면 들깨를 먹이는 게 좋을지도 모른다.)

4. 그렇게 해서 통통하게 살을 찌운다.

5. 오러런이 잔뜩 살찌면 우리에서 꺼낸다.

6. 커다란 나무통에 오래되고 향기로운 포도주를 가득 채운다.

7. 그 안에 오러런을 넣어 익사시킨다. (여기서 중요한 것은 죽은 뒤에 넣으면 안 된다는 거다. 반드시 살아 있는 오러런을 포도주 통에 담가 익사시켜야 한다. 그래야만 오러런은—가엾게도—포도주 속에서 허우적대면서 어푸어푸, 뱃속 가득 와인을 채울 테니까. 이것은 마치 우리나라 어딘가에서 만든다는 쇠고기 게장을 떠오르게 한다. 살아 있는 게들이 들어 있는 항아리에 양념한 다

진 쇠고기를 넣어주면 게들은 배불리 쇠고기를 먹는다. 그렇게 뱃속에 쇠고기가 가득 든 게를 간장에 넣어 잘 삭히면 다진 고기로 속을 채운 맛좋은 간장게장이 탄생하는 것이다.)

8. 향기로운 곡물 씨앗을 매일 먹어 통통하게 살이 오른 채 포도주 속에서 익사한 오터런을 꺼내 털을 뽑고 불에 굽는다. 약 6, 7분간 적당히 돌려가며 구우면 드디어 맛있는 오터런 구이가 탄생한다.

9. 두건을 쓰고 먹는다. (두건을 써야만 오터런 먹는 걸 들키지 않기 때문이다.)

오터런을 먹어보고 싶다고 생각한 적은 한 번도 없다. 다만 오늘처럼 흐리고 아픈 날 상상하기 딱 좋은 요리가 오터런일 거라고 생각한 적은 있다. 왜냐하면 오터런 요리는 세상에서 가장 불가능한 음식 중 하나일 테니까.

그런데 왜 난 감기가 들 때마다 불가능한 음식을 상상하는 걸까.

아플 때, 외할머니는 항상 북어를 넣은 콩나물국을 끓여주셨다. 어린 시절, 나는 밤새 앓다가도 할머니의 국에 밥을 말아 먹으면 어느새 거뜬해지곤 했다. 그러나 할머니의 콩나물국이야말로 오터런 요리와는 비교도 안 될 만큼 완전하게 불가능한 음식이다. 그리고 난 돌아가신 할머니가 그립다고 말하는 대신 할머니의 콩나물국에 대해 말하고, 할머니의 콩나물국이 먹고 싶다고 말하는 대신, 오터런 요리에 대해 중얼대는 것이다.

즐거워지는 법, 혹은
잘 말린 호프로 속을 채운 베개에 관하여

"이거 좋은 약 맞지? 먹으면 다 나을까? 좀 봐줘."

할아버지 할머니들이 처방받은 약을 지어가며 자주 묻는 말이다. 그럴 때 그들의 눈빛엔 간절함이 있다. 반점으로 뒤덮인 손등, 염증으로 부은 관절 마디, 울퉁불퉁한 손가락을 보며 나는 고개를 끄덕인다.

"그럼요. 때맞춰 잘 드시면 많이 나아질 거예요."

그제야 할아버지 할머니들의 얼굴엔 환한 미소가 감돈다. 안도한 듯 가슴을 쓸어내리기까지 한다. 내 손을 잡고 고맙다고 하는 사람도 있다. 마치 생명을 구해줄 영약이라도 되는 양 약봉지를 품에 안고 나가며, 노인들은 연신 뒤돌아본다.

어떤 할머니는 파스를 사서 꼭 내게 붙여달라고 했다. 나이가 팔십이 넘었는데도 아기를 업고 다니는 분이었다. 증손주라고 했다. 딸은 가게를 하느라 바쁘고, 손녀도 출근해야 하는데, 갓난아기를 봐줄 사람이 없어서 자신이 맡게 됐다고 했다. 척 보기에도 업은 모습이 힘겨

워 보였다. 하지만 한 번도 우울한 얼굴을 한 적은 없다. 어쨌든 할머니는 항상 허리가 아팠고 어차피 그것은 나을 수 없는 고질병이었다.

"뜨끈뜨끈한 걸로 줘."

할머니는 겉에 새빨간 고추 그림이 그려져 있는 핫파스를 좋아했다. 웬만한 사람들은 붙이면 따가워서 한두 시간도 못 견디는 파스였다. 하루는 업고 있던 아기 포대기를 앞으로 돌리더니, 옷을 걷고는 내게 돌아섰다. 집에선 도저히 혼자 못 붙이겠다는 거였다. 나는 매대 밖으로 나가 할머니의 엉치뼈 부근에 파스를 붙여줬다. 그때부터였다. 파스를 사면 반드시 내가 붙여줘야 한다는 묘한 불문율이 생긴 것은.

"이상하게 약사님이 붙여주면 금방 낫거든."

이게 할머니의 변이었다. 내가 약을 짓느라 바쁠 땐 의자에 앉아 증손주를 얼러가며 기다렸다. 환자들이 다 빠져나가고 잠시 숨을 돌릴라치면, 할머니가 기쁜 듯 다가왔다. 손엔 예의 그 파스를 쥐고 있었다.

약국을 정리할 때 가장 아쉬워했던 사람이 그 할머니였다. 마지막으로 파스를 붙여주니 허리를 주먹으로 천천히 두드리며 한동안 가만히 서 계셨다. 지금은 벌써 구십 살이 훨씬 넘었을 거다. 이젠 증손주를 업고 다닐 일은 없겠지. 때로 예전 약국이 있던 거리를 지나다가 할머니가 살던 낮은 아파트 앞을 흘낏대기도 하지만, 그 후로는 한 번도 만나지 못했다.

마음이 뭔가를 강력히 믿는다면, 뇌에선 그 실제 상황과 거의 비슷한 전기적 반응이 일어난다. 잘 알려진 플라세보 효과도 뇌의 그런 기능에서 기인하고. 위약에 관한 실험을 하면, 환자가 진심으로 신뢰하는 사람에게 그 (가짜)약에 대한 설명을 들었을 때 가장 강력한 효과가 발휘된다고 한다. 알약의 모양이 강렬할수록 플라세보 효과가 잘 나타난다는 얘기도 있다. 흐릿한 파스텔톤 약보다는, 빨갛고 커다란 캡슐 형태의 위약을 투여했을 때 환자들이 더 강하게 반응했다는 것이다. 아마도 후자가 보통 사람들이 생각하는 '약'의 모양에 더 가까웠기 때문일까.

나 또한 어린 시절 전래동화를 통해 일종의 위약 효과 비슷한 삶의 이치를 깨달았다. 『자린고비전』을 읽고 나서, 뭔가를 바라보거나 상상만 해도 실제로 만지거나 맛보고 삼키는 것 같은 느낌을 얻을 수 있다는 걸 알았기 때문이다.

그 재미난 이야기 속에서, 유명한 자린고비 노인은 상 위에 밥 한 그릇과 물만 차려둔 채 맛있게 식사를 한다. 그걸 본 누군가가 묻는다.

"아니, 영감님, 그러면 밥이 넘어가나요?"

그러자 자린고비 노인은 씩 웃으며 마루 위 천장을 가리킨다. 올려다보니 거기엔 굴비 한 마리가 지푸라기로 짠 끈에 묶여 대롱대롱 매달려 있다.

"보라고. 난 밥을 한 숟갈 입에 넣고 씹으며 저 굴비를 바라본다네. 그러면서 굴비의 짭짤하고 쫄깃한 살점을 씹는 상상을 하지. 그러면 정말로 입안에선 짠맛과 고소한 맛이 느껴지고, 그렇게 밥 한 그릇을 뚝딱 비우게 되는 거야."

삽화는 또 어찌나 정교했던지. 굴비를 머리 위에 매달아둔 것도 아니면서, 그저 동화책 속 그림만으로 나 역시 입안에서 짭조름한 생선구이의 맛을 느끼고 있었다.

실은 오늘 하려던 얘긴 이거였다. 이렇게 계속 비가 오고 흐리고 습도는 거의 100퍼센트에 달하여 잠시 걷기만 해도 물속을 허우적댄 듯 눅눅해질 때, 어떻게 하면 즐거워질 수 있는가에 관하여.

내 책상 앞 벽에 붙여둔 빛바랜 종이엔 이런 내용이 적혀 있다. 하도 오래전 메모한 거라 어디서 봤던 건지는 잘 기억나지 않지만.

<즐거워지는 법>

- 세이지, 인삼, 박하, 지치, 페퍼민트 등의 차에 정향을

첨가해서 마신다.

- 민들레, 큰매화노루발, 쥐오줌풀, 부추, 옥수수수염, 매자나무, 노간주열매 등을 차로 만들어 마시는 것도 좋다.

- 3, 4일간 과일만 먹는데, 날것과 익은 것을 번갈아 먹고, 맥주효모 10그램을 야채즙과 함께 따뜻한 물에 섞어 하루 두 잔씩 마신다. 그리고 4일간은 상추, 양배추, 셀러리, 토마토, 당근, 양파, 비트, 미나리로 만든 샐러드를 먹는다.

- 약 한 달 동안 통곡물, 씨눈, 건포도, 자두를 듬뿍 먹는다.

- 바질, 페퍼민트, 베르가모트, 제라늄, 라벤더, 캐모마일, 타임 등의 오일을 한 방울 떨어뜨린 물에 발을 담그고 앉아 쉰다.

- 밤엔, 잘 말린 호프hop를 베개 속에 넣고 잔다.

오늘처럼 회색 구름이 무겁고 어둡게 가라앉는 날, 난 책상 앞에서 저 글자들을 찬찬히 읽는다. 속으로 읽기도 하고 때론 소리 내어 읽기도 한다. 신기하게도, 그러면 정말로 즐거워지니까.

특히나 "잘 말린 호프", 이 다섯 음절을 나는 될수록 여러 번 더 발음해본다.

잘 말린 호프, 잘 말린 호프. 이게 나에겐 자꾸 희망을 잘 말리라는 것처럼 들리거든.

아마도 희망을 말리려면, 해가 잘 드는 마당에 장대를 세우고 옛날식 빨랫줄을 맨 뒤 널어놓아야 하지 않을까. 볕에 잘 마른 희망은, 하얗고 보송보송한 옥양목 같은 느낌일 거다. 어릴 때 동생이랑 숨기 놀이를 하다가 엄마가 널어둔 흰 빨래에 얼굴을 묻었을 때의 바로 그 느낌.

어디까지 이어지는 걸까,
우리의 이야기는

하나의 달걀로부터

달걀 프라이의 매력은 '노른자 주변에 맴도는 불안정함'에 있다고 한다. 『심야식당』의 작가 아베 야로가 한 말이다.

노른자 주변에 맴도는 불안정함.

생각할수록 마음에 드는 말이라서, 프라이팬에 달걀을 깨뜨려 넣을 때마다 떠올리곤 한다. 반숙으로 익은 노른자를 숟가락으로 푹 떠먹으면, 그 아슬아슬한 균형이 깨지면서 입안에선 말할 수 없는 고소함이 퍼져나간다.

달걀이 한 개의 세포라는 것을 아는 사람이 얼마나 될까? 둥글고 단단한 껍질 속 비릿하고 몽글몽글한 덩어리가 그저 하나의 커다란 세포라니. 노른자와 흰자 사이에 있는 하얗고 끈적한 알끈이 닭의 배아고, 거기서 병아리가 생겨나 자라난다. 노른자를 먹고 흰자에 둘러싸여 보호받으며. 그렇게 스무하루가 지나면 알껍질이 깨지면서 보풀보풀한 털을 가진 어린 닭이 나오는 거다.

노른자는 그 안에 든 유황 성분 때문에 노란색을 띤다. 스위스의 의사이자 연금술사였던 파라켈수스는 인간의 몸이 우주의 세 가지 기본 원리인 소금, 유황, 수은에 대응하는 물질, 영혼, 정신으로 구성되어 있다 했으니, 노른자를 볼 때마다 영혼과 세계에 대해 깊은 생각에 빠질 수밖에 없는 건 정해진 수순일지도 모른다.

연금술에서, 소금은 물질이며 땅을 상징하고, 유황은 영혼이기에 하늘을, 수은은 정신으로 그 중간을 매개한다는데, 그래서 모든 새의 알엔 유황이 들이 있는 것일까. 그들은 태어나서 얼마 뒤 본능적으로 날개를 활짝 펼치고 하늘을 향해 훨훨 날아오른다.

닭이 처음부터 날지 못했던 건 아니다. 인도네시아 밀림에 살던 원시종 닭들은 화려한 날개를 퍼덕이며 이 나무에서 저 나무로 날아다녔다. 그 아름다운 새들은 길고 멋진 꼬리를 늘어뜨리고 울창한 수풀 속에 당당하게 서 있었다(이 두 개의 문장이 과거형인 이유는, 이제는 인도네시아에도 원시 닭들이 없기 때문이다. 그들은 모두 사라졌고 미국 어딘가에 그 비슷한 품종이 보존되어 있을 뿐이다).

오래전 닭이 공룡이었다는 걸 아는 이들은 많을 것이다. 중생대의 거대한 양치식물 숲을 누비고 다니던 공룡은 어느 날부턴가 점점 작아져 마침내 새가 되었다.

그런데 만약 정말로 공룡이 새가 되었다면(그중에서도 닭이 예전의 공룡에 가장 가깝다고 하는데, 조금이라도 닭들을 자세히 관찰한 사람이라면 누구나 그 말에 동의하리라. 닭의 매서운 눈초리, 기묘한 볏, 날카롭고 뭐든 꽉 움켜쥘 듯한 발과 달려갈 때 독특하게 뒤뚱거리는 자세, 그건 모두 공룡, 그중에서도 티라노사우루스를 똑 닮았으니까), 인류는 오랜 시간이 지난 후 무엇이 되어 있을까?

전에 읽었던 『미래 동물 대탐험』이란 책에선 2억 년 후 지구엔 '오징어코끼리'가 살고 있으리라 상상했다. 그 먼 미래에 땅은 다시 합쳐져 판게아를 이루고 지구해海란 이름을 가진 단 하나의 바다가 초대륙을 둘러싸고 있다. 북극과 남극은 간 곳 없고 대신 어디에나 열대우림이 울창할 것이다. 그 뜨겁고 축축한 숲속에 오징어코끼리들이 산다. 코끼리만큼이나 커진 두족류들이 위풍당당하게 걸어 다닐 지구는, 슬프면서도 흥미롭고 경이로우면서도 쓸쓸하다. 책을 쓴 생물학자들의 추정에 의하면 그들에겐 여전히 뼈가 없다. 오로지 근육으로만 그 엄청나게 큰 몸을 지탱하며 유유히 돌아다니는 거다.

무엇보다도 2억 년 후의 지구엔 새가 없다. 새들은 모두 멸종하고 그 텅 빈 하늘을 새처럼 생긴 물고기들이 높이높이 뛰어오른다고 한다. 그들은 아주 몸집이 크고 황다랑어처럼 우아하게 반짝인다.

오늘, 병원에서 퇴근할 때 건네받은 달걀 열다섯 개. 포장엔 '유기농 유정란'이라고 적혀 있는데, 간호사분 말로는 환자가 퇴원하며 감사의 선물로 놓고 간 거라고.

모든 건 그 안에 있던 달걀 하나로부터 시작되었다. 프라이팬에 기름을 두르고 톡, 깨뜨려 넣었을 때. 그러고 보면 이거야말로 놀라운 일일지도. 작고 둥근 한 알의 달걀에서 2억 년 후 지구로 날아오른 생각, 생각들.

지금도 어딘가에선

아기 돌고래는 태어나서 채 6달이 지나기 전에 자기만의 고유한 휘파람 소릴 만든다. 그들이 우리 인간처럼 입으로 소릴 내는 건 아니다. 돌고래들은 머리 위에 달린 분수공으로 공기를 뿜어내며 세상에 단 하나뿐인, 아름답고 독특한 휘파람을 분다. 휘파람 소리는 그대로 돌고래의 이름이 된다. 다른 돌고래들이 그를 부를 때, 그들은 바로 그 아기 돌고래만의 휘파람을 똑같이 흉내 낸다. 그러니까 만약 아기 돌고래의 휘파람이 "도미솔도미솔라라라솔"이라면, 다른 돌고래 친구들은 "도미솔도미솔라라라솔"이라고 노래함으로써 그를 부르는 것이다. 휘파람 소리가 이름이 되는 바닷속 세계는 신비롭다. 어떤 돌고래의 이름은 "도도솔솔라라솔"이고, 또 다른 돌고래의 이름은 "솔파미레도레미도솔"이며, 저기 멀리 파도를 타고 웃고 있는 돌고래는 "도레미미도미솔라솔"인 세상.

태어나서 스스로 이름을 짓는 세계 역시 기묘하다. 그

들은 어떤 조건에 맞춰 자신의 음조를 정하는 걸까. 태양이 환히 빛나서 수면에 반짝이며 반사될 때 짓는 이름과 어둡고 깊은 밤 아무 소리도 들리지 않는 심해를 지날 때 짓는 이름은 서로 다를 것이다. 엄마 돌고래 옆에 붙어 다니며 친구들에 둘러싸여 지내는 돌고래가 만들어내는 이름과 포경선에 가족을 잃은 채 홀로 떠돌며 지어내는 곡조 역시 다를 게 분명하다. 왜냐하면 돌고래의 두뇌는 우리 인간보다 크고, 고차원적인 사고를 담당하는 대뇌피질도 훨씬 두꺼우니까. 이런 돌고래들의 비밀을 가장 먼저 알아차린 사람은 『은하수를 여행하는 히치하이커를 위한 안내서』를 쓴 더글러스 애덤스였다. 그는 그 책에서, 우주에서 가장 머리가 좋은 동물은 쥐이고, 그다음으로 똑똑한 동물이 돌고래라고 했다(인간은 아예 순위에도 들지 못한다). 책 속에서, 돌고래들은 지구가 곧 멸망할 것임을 인간에게 알리려 노력한다. 그들은 수족관에서 공중제비를 돌며 고리를 빠져나가는데, 그건 돌고래들의 언어로 "어서 이 지구를 떠나세요"였다. 당연히 인간은 그 말을 알아듣지 못했고, 어느 날 밤 돌고래들은 달빛이 반짝이는 바다에서 일제히 솟아올라 우주로 날아간다. 그들이 마지막으로 외친 말은(혹은 마지막으로 분 휘파람은) "안녕히. 그리고 물고기는 고마웠어요"였다.

남극에 겨울이 오면 어딘가에서부터 황제펭귄들이 모

여든다. 몇십 킬로미터가 넘는 길을 걸어온 펭귄들은 목청껏 이상한 소릴 지르는데, 그건 짝짓기를 위한 구애의 노래다. 그렇게 짝을 찾은 펭귄들은 얼마 후 크고 둥근 알을 낳는다. 암컷이 알을 낳으면 둘은 조심스럽게 얼음 위로 알을 굴려서 수컷의 발 위에 올려놓는다. 이때 얼음 위에 알이 오래 있으면 얼어버리기 때문에 그들은 아주 빠르게, 아주 부드럽게, 아주 조심스럽게 굴려야 한다. 수컷 황제펭귄은 그 알을 발 위에 올린 다음 자신의 깃털로 포근하게 감싼다.

그러는 와중에도 겨울의 남극엔 차가운 눈보라가 휘몰아치고 세상은 온통 하얄 뿐, 한 치 앞도 보이지 않는다. 그 길을 뚫고 암컷들은 떼를 지어 되돌아간다. 바닷가로. 먹이를 찾아. 암컷 펭귄들이 바다로 떠나고 나면 수컷 펭귄들은 둥글게 둥글게 서로를 향해 모여든다. 서로의 몸에 몸을 붙이고—그냥 붙이는 게 아니라 아주 꼭 붙이고—머리를 앞으로 푹 숙인다. 그렇게 체온으로 서로를 녹여주며 남극의 겨울을 나는 거다. 찬 바람을 곧장 받아야 하는 맨 바깥 원의 펭귄은, 어느 정도 시간이 흐르면 더 따뜻한 안쪽의 원으로 들어가고, 안쪽에 서 있던 펭귄이 대신 바깥으로 나와 바람을 막는다. 그들이 서로를 위해 원의 위치를 바꾸는 광경은 장관이다. 키가 일 미터도 넘는 커다랗고 검은 수천 마리의 펭귄들이, 고개를 푹 숙인 채 꼭 붙어서서 둥글게 돌아가는 모습이라니! 새하얀 설원에서 살을 에는 듯한 바람을 맞으며 발 위에 올린 알이 떨어질세라 천천히 움직이는 펭귄을 보고 있으면 내가 그들과 아주 가깝다는 느낌에 사로잡힌다. 우리는 모두 똑같다는 느낌. 다함께 생명의 본성이 내어준 어떤 길을 따라가고 있다는 느낌.

끝나지 않을 것 같은 겨울이 가고 바람이 조금씩 잦아들 즈음, 먹이를 구하러 갔던 암컷 펭귄들이 돌아온다. 그들은 살이 통통하게 오른 물고기를 입안 가득 물고 온다. 똑같이 검고 하얀 수천 마리 펭귄 무리 속에서 용케도 각자의 가족을 찾아내 물고기를 나누어 먹는 동안, 어느새 남극엔 봄이 온다. 당연한 얘기지만, 남극에도 연녹색 풀이 나고 약간이지만 얼음도 녹는다.

그리고 믿어지지 않겠지만, 이게 다 지금도―아마 앞으로도 영원히―어딘가에서 일어나고 있는 일들이다. 지금 이 순간, 이걸 쓰고 있고 누군가는 이것을 읽고 있는 동안에도 말이다.

지구에서, 우리는

우주 어딘가엔 사라진 복사카드들만 모여 사는 별이 있다.

(혹은, 있음이 틀림없다.)

그 별은, 분명 사라진 볼펜들이 모여 사는 별 옆에 있을 것이다. 복사카드만 모여 사는 별엔, 다행히 복사기가 없다. A4용지도 있을 리 없다. 마치 볼펜들만 사는 별에 노트가 없는 것과 마찬가지로.

만약 누군가가, 그러니까 어떤 외계인이 사라진 복사카드의 별을 찾아낸다면, 그는 지구에 와서 부자가 될 수 있다. 그때까지도 공공 도서관이 존재하고, 그 공공 도서관에 복사카드를 이용하여 자료들을 복사할 수 있는 복사기가 갖추어져 있다면 말이다. 외계인은 복사카드의 별에서 복사카드를 잔뜩 가져와서 팔기만 하면 된다. 한 장에 5,000원인 복사카드를 혼자서만 4,500원에 판다면, 그는 어쩌면 지구의 복사카드 시장을 단번에 접수해버릴 수도 있으리라. 그렇게 많은 복사카드를 계속

팔아도 자원이 바닥날 위험은 거의 없는데, 공공 도서관과 복사기가 존재하는 한, 사라지는 복사카드들은 영원히 공급될 것이기 때문이다. 매일 세계 곳곳의 수많은 도서관에서 셀 수 없이 많은 이용자가 복사기에 복사카드를 넣어둔 채 가버릴 테니. 만에 하나, 어떤 제약회사에서 볼펜이나 복사카드 그리고 그 밖의 각종 자질구레한 물건들을 절대로 잃어버리지 않게 해주는 초강력 항건망증약을 개발한다면 또 모르지만, 그래도 역시 사라진 복사카드와 사라지는 볼펜들의 별은 없어지지 않을 것이다. 항건망증약을 처방받은 건망증 환자들은—나를 비롯하여—어차피 약 먹는 시간을 잊어버릴 테고, 따라서 그들의 건망증이 치료될 가능성은 전무하니까.

오늘 또 도서관에서 복사카드를 잃어버렸다.

난 복사할 때마다 새 복사카드를 사고, 단 한 번의 복사 후엔 반드시 잃어버린다. 복사기에서 카드를 꺼내야 한다는 사실을 잊고 그냥 돌아서서 그 자리를 떠나고 마는 것이다. 그러나 1분 후 복사카드를 두고 왔다는 사실이 떠올라 미친 듯이 복사기 앞으로 달려가 보면, 카드는 이미 사라지고 없다. 내 생각에, 그건 누가 가져가는 게 아니다. 어떤 괴이한 사람이 있어서, 그가 남들이 두고 간 복사카드만 수집하는 기벽을 가지지 않았다면, 그리도 짧은 틈에 카드가 온데간데없이 사라질 순 없지 않은가. 혹은 알고 보면 복사기 내에 기묘한 인공지능이 숨겨져 있어서, 물건을 함부로 흘리고 다니는 인간에게 깨우침을 주려는 심보로 복사카드를 감추는 것이 아니라면.

하긴 이 두 번째 가설이 완전히 말이 안 된다고 할 순 없다. 복사기에 장착됐던 낮은 수준의 인공지능이 어느 날 스스로 '깊이 배운' 끝에, 아무도 상상할 수 없는 초지능으로 변모할 수도 있으니까. 내가 이런 얘길 하는 이유는, AI의 '딥 러닝'이 정확히는 어떤 메커니즘으로 일어나는지 모른다는 과학자들의 글을 읽은 탓이다. 책 속에서 그들은, 먼 미래에 인간 몰래 지능을 갈고 닦은 기계들이 반란을 일으켜 인류를 지배하게 되리라 걱정하고 있었다. 그 말이 조금이라도 옳다면, 도서관 한구석에 우두커니 서 있는 복사기가 자신의 대단한 지능을 숨긴 채 어리숙한 척 복사만 하는 게 아니라고 누가 장담할 수 있을까.

어쨌거나 나는 어쩔 수 없이 매점에서 새 복사카드를 샀다. 슬프게도 이 매끄럽고 반짝이는 플라스틱 카드가 사라진 복사카드들의 별로 떠날 확률은 현재로선 98.7퍼센트에 달한다. 하지만 한 가지 다행인 건, 그 별에서 복사카드는 결코 외롭지 않으리란 거다. 거기선 주인이 잃어버린 세상의 모든 복사카드가 서로 의지하며 즐겁게 지내고 있을 테니까.

게다가 언젠가 어딘가에서, 나는 그동안 없어졌던 그 많은 복사카드와 조우할 수도 있다. 복사카드 말고도 볼펜들, 연필들, 지우개들, 이런 잃어버린 모든 작은 것들과 어떤 식으로든 만나게 되지 않을까. 물건뿐만이 아니라, 사라지거나 잊고 만 사람들, 동물들, 입에선 맴돌지만 떠오르지 않는 이름들, 이 모두를 결국 다시 만나게 되겠지. 정말로 별에서, 아니, 더 정확히는 다 같이 별이 되어. 오랜 후에 태양은 적색거성으로 팽창하며 지구를 집어삼킬 테고, 그러면 모든 존재는 다 함께 녹으며 타올라 다른 별로 태어날 테니까.

잠깐, 그렇다면 사실 우린—복사카드와 볼펜, 그리고 비밀을 숨긴 저 복사기를 포함한 모두는—이미 오래전 만났던 사이일 수도? 수십 억 년 전, 수명이 다한 어느 별이 폭발하며 사라졌다. 그때 뿜어져 나온 탄소, 산소, 철 같은 원소들은 공간을 떠돌다가 모여들어 구름이 되더니 마침내 또 다른 별로 탄생했다. 언젠가부터 그 주위를 돌던 행성 중 하나에서 기적처럼 생명이 탄생했고, 그로부터 나와 당신들과 복사카드, 이 모든 것이 나타난 거다. 이름도 알 수 없을 초신성의 폭발과 함께 무한한 우주로 흩어졌던 원자들이 다시 만나 만들어낸 이 아름다운 지구라니.

백만 년 동안의 고독

지구에 사는 어류 중 가장 큰 물고기는 고래상어다(고래는 포유류니까 제외하기로 하자). 고래상어의 몸길이는 자그마치 12미터에 이르고, 몸무게는 30톤이나 된다. 고래상어는 온종일 오직 먹이를 찾아 망망대해를 돌아다닌다. 그 커다란 몸을 유지하려면 아주 많이 먹어야 하니까. 먹이를 쫓는 고래상어의 뒤로 작은 물고기 떼가 구름처럼 따라다닌다. 그들은 무시무시하게 생긴 고래상어 뒤에 숨어다님으로써 천적에게 먹히는 것을 피할 수 있다. 거대한 고래상어의 먹이는 작디작은 플랑크톤이다.

끝없는 대양의 표면 위로 수백 마리의 돌고래가 흰 물결을 일으키며 일제히 헤엄치는 모습은 장관이다. 그들은 포르투갈에서 서쪽으로 1,600킬로미터 떨어진 마조레스 제도를 향해 가고 있다. 그곳에 영양이 풍부한 먹이가 많다는 소식을 들은 탓이다. 그 소식은, 돌고래들이 부르는 신비롭고도 긴 노래를 통해 멀리멀리 퍼져간다.

마침내 도착한 바다엔 갈고등어가 가득하다. 돌고래들은 혼자서 물고기를 잡지 못하기에, 여러 마리가 원을 그리며 고등어 무리를 공격한다. 가엾은 고등어들은 돌고래 떼에게 밀려 수면 가까이 떠오른다. 그때 바다 위를 활공하던 물떼새들이 수십 미터 수심까지 잠수하며 갈고등어를 입에 물고 하늘로 날아오른다. 위에선 물떼새에게 아래에선 돌고래에 쫓기며, 갈고등어들은 먹이가 된다. 배불리 먹은 돌고래들이 유유히 다른 곳으로 떠나고 물떼새 역시 먼 섬으로 돌아가면, 갈고등어들은 은빛 비늘을 반짝이며 어디론가 유영해간다.

그보다 더 아래, 무인 잠수정만이 들어갈 수 있는 깊고 깊은 심해에도 생물들은 살고 있다. 심해의 바닷게들은 죽은 물고기들이 천천히 가라앉아 모랫바닥에 떨어지기까지 몇 날 며칠을 기다린다. 모래 위로 떨어진 고래의 사체는 심해 생물들에겐 선물과도 같은 것. 그들은 열심히 먹어 치운다. 모든 것을 샅샅이 갉아서, 마침내는 다시 부드러운 모래만 남을 때까지.

새우와 게의 조상인 바다거미는 춤추듯 우아한 모습으로 심해의 빛 하나 없는 검은 물속에 떠 있다. 먹을 것이 별로 없기에 그들은 최소한으로만 몸을 움직이고, 거미와 닮은 가느다란 발로 주변을 떠가는 작은 유기물을 움켜잡아 입으로 가져간다.

푸른 불빛과 커다란 눈이 신비로운 심해 문어의 또 다

른 이름은 흡혈박쥐문어이다. 여덟 개의 발끝마다 발광체를 가진 그들이 어두운 바다에서 푸른빛을 내는 모습은 아름다우면서도 기괴하다. 위협이 되는 존재가 사라지면, 그들 역시 푸른 불꽃을 끄고 어디론가 헤엄쳐 간다.

좀 전까지 심해 문어가 헤엄치던 컴컴한 물 밑에서 앵무조개가 조용히 이동한다. 그들은 등에 눈이 있고, 그래서 언제나 뒤로만 걷다가 툭하면 바위에 부딪힌다. 천적은 오징어와 문어인데, 앵무조개는 그들—오징어와 문어—의 먼 조상이다.

더, 더 아래로 내려가면 해저 화산이 있다. 화산에서 뿜어져 나오는 유황은 웬만한 건물보다 높이 솟아 봉우리를 만든다. 유독한 가스가 녹아 나와 대부분의 생물이 살 수 없는 그곳에도 누군가는 살고 있다. 작고 붉은 새우들이 유황이 굳어져 생긴 결정체 위에 가득 붙은 모습은 감동적이다. 그 뜨거운 물에서 그들은 어떻게든 살아남았고, 계속해서 살아가고 번식한다.

화산을 파고 들어가면, 그러니까 심해저의 땅 밑으로 가면 지표면에 사는 것과는 아주 다르게 생긴 세균들이 있다. 오래전 그들은 진화의 가지에서 우리와 갈라졌고—우리는 진핵생물로, 그들은 원핵생물로 남았다—보통의 생명은 살 수 없는 환경에 머물길 택했다. 뜨거운 물, 짜디짠 소금밭, 엄청나게 춥거나 숨 막힐 듯한 고압의 땅속에서, 그 고세균들은 자기들만의 세계를 이루었다. 그들 중엔 한 번 세대가 바뀌는 데 백만 년이나 걸리는 존재도 있다. 백만 년 만에 딱 한 번 세포분열을 하는 생명체라니. 과연 그들은 살아 있는 걸까. 어쩌면 그냥 바위가 아닐까. 하지만 그들은 엄연히 살아 있다. 아마 지구가 멸망한다 해도, 그 고세균들은 부서지고 갈라진 암석 덩어리에 붙은 채 우주를 가로질러 어딘가에 뿌리내릴 거다. 그리고 나는 상상한다. 혹시 우리도 어디선가 날아온 끈질긴 우주 박테리아의 후손이 아닐까, 라고. 백만 년 동안, 혹은 그보다도 훨씬 긴 시간을 홀로 헤매다가 원시 지구의 바다에 처음 도착했을 때 그 존재는 어떤 느낌이었을까.

그 마음을 헤아리기는 그리 어렵지 않다. 아무것도 없는 차갑고 텅 빈 우주를 지나, 대기권으로 들어서서야—물론 그땐 아직 대기도 형성되지 않았을 테지만. 잘 알다시피 지금과 같은 대기는, 처음 생겨난 생명체들이 숨을 쉬면서 만들어졌다—비로소 정처 없는 여행을 마치는 여행자의 마음이 그와 같을 테니까. "휴, 이젠 살았어"라고 중얼대는 그의 목소리가 들리는 듯하다. 백만 년 동안의 고독에서 벗어나, 앞으로 푸르게 변모시킬 새로운 행성을 마주하며.

냉동인간은 빙하기의 꿈을 꾸는 걸까

한때 나는 인간이 영생할 수 있다고 믿었다. 아직은 불가능하지만 언젠가는 반드시 그리될 거라 생각했다. 그때 난 뇌가 곧 인간이라 믿었고 뇌에 들어 있는 뭔가가 보존된다면, 어떤 신체로 옮겨가든 계속해서 살아갈 수 있다고 상상했다.

어쩌면 레이 커즈와일 같은 사람들도 그런 믿음을 가지는지 모른다. 『특이점이 온다』라는 책으로 유명한 미래학자인 그는, 2045년엔 인간이 영생불사할 수 있는 기술이 탄생할 거라 믿고, 그때까지 살아 있기 위해 하루에 100알이 넘는 온갖 영양제를 챙겨 먹는다고 한다(물론 나 역시 꽤 많은 영양제를 먹는다. 영생하진 못할지라도 좀 더 오래 건강한 삶을 유지하길 바라니까. 고용량의 비타민C와 오메가3, 코엔자임Q10, 레스베라트롤, 복합 미네랄, 비타민E 등등을 식탁 옆에 두고 매일 삼키는 거다). 그는 테크놀로지가 인간 자체를 강화할 수 있다는 트랜스휴머니즘을 신봉하고, 자신의 뇌에 담긴 모든 것을 컴퓨터에 옮겨둔 뒤 언젠가 인공신체를 만들어 그 '새로운 몸'으로 다운로딩될 날을 꿈꾼다.

미래의 어느 순간 다시 살기 위해 냉동인간이 되길 선택하는 이들도 그런 마음일 거다. 절대온도 0K에 가까운 차가운 냉동고에서 그들은 어떤 꿈을 꿀까? 얼음으로 뒤덮인 빙하기의 들판을 걸으며 이제는 멸종해버린 매머드를 사냥하는 꿈을 꾸는 걸까? 어떤 먼 미래, 해동된 뒤 눈을 번쩍 떴을 때, 양수 같은 액체 속에 둥둥 뜬 자신의 몸을 보며 그들은 무슨 생각을 하게 될까?

사실 인간의 영생에 관한 연구는 무척 활발하다. 실제로 어떤 물질은 인간뿐만이 아니라 모든 살아 있는 동물의 노화를 늦춘다고 알려져 있기도 하다. 일군의 과학자들이 이스터섬을 방문했을 때 흙 속에서 발견한 것도 그런 물질이었다. 세계 각지의 토양에 분포하는 미생물을 연구해서 새로운 항균물질을 찾아내려던 그들은, 그것을 (신비롭고 거대한 석상이 줄줄이 서 있는 섬의 옛 이름을 따라) '라파마이신'이라고 명명했다. 한동안 라파마이신은 장기이식 수술 후 면역억제제로 쓰였지만, 최근에는 항노화 물질의 선두주자로 더 유명하다. 실험실에서 라파마이신을 투여받은 쥐들은 다른 쥐들보다 20퍼센트나 수명이 길어졌고, 단순히 덜 늙은 것만이 아니라 훨씬 젊고 건강해졌다. (약물을 투여받은) 그 나이 많은 쥐들은 마치 청춘인 양 미친 듯이 쏘다녔고, 어린 쥐들보다 더 오래 더 멀리 한도 끝도 없이 달렸다. 그들은 다시 찾은 젊음을 최대한 누리고자 했겠지만, 그렇게 달린 끝에 마침내 도착한 곳은 실험실의 맞은편 벽이었다.

'나'는 '뇌'가 아니라 '(뇌를 포함한) 몸 전체'라는 것을 깨닫게 된 건 순전히 나의 강아지들 덕분이다. 다섯 살밖에 안 된 어린 나이에 세상을 떠난 마토는 내게 생명의 불가역성, 그 빛나는 유일함을 일깨워줬다. 품에 안은 강아지가 마지막 숨을 내쉬며 서서히 식어갈 때, 난 세상에서 가장 큰 질문에 맞닥뜨렸다. '살아 있다는 건 뭘까?'

그리고 칸토.

칸토와 매일 산책하면서 나는, 움직이고 걷고 뛰고 맛보고 냄새 맡고 느끼는 나 자신이 곧 '살아 있음'이라는 걸 알았다. 만약 슈퍼슈퍼컴퓨터가 있어서 거기에 나의 뇌를 온전히 업로딩한다 해도, 그게 결코 '나'일 수 없음을, 이렇게 뒤늦게 깨달은 것이다. 업로딩된 내가 영원히 살며 세상의 모든 지혜와 우주의 비밀을 알게 된다 해도, 그 존재는 산책하며 나뭇잎의 냄새를 맡을 수 없고 따뜻하고 북실북실한 칸토의 털에 얼굴을 파묻지도 못한다. 뇌(혹은 의식, 누군가는 이것을 영혼이라고 표현하겠지만)와 몸을 분리하여 생각한다는 것은 결국 현대의 새로운 종교이며, 죽으면 영혼만은 천국에 올라가 영원히 산다고 믿었던 오래전의 이원론과 다를 바 하나 없었다.

이런 깨달음을, 뇌과학자 미겔 니코렐리스는 그의 책 『뇌와 세계』에서 다음과 같은 아름다운 문장으로 표현했다.

"산다는 것은 에너지를 소산시켜 유기 물질에 정보를 새기는 과정이다."

니코렐리스 역시 산책하던 중 잘려나간 나무둥치를 보며 이런 생각을 떠올렸다.

나무의 나이테는 나무가 살아온 모든 과정을 드러낸다. 나무의 기억, 나무의 꿈, 나무의 고통, 나무의 희열. 마찬가지로 우리 몸은 우리의 기억, 우리의 꿈, 우리의 고통, 우리의 희열을 모두 담고 있다. 모든 것은 부분이며 전체이고, 주름, 피부, 반점, 얽히고설킨 뉴런과 머리칼의 색, 흉터, 상처, 하다못해 관절의 염증에 이르기까지 그 전체가 '우리 자신'이다.

글 쓰는 동안 발치에 앉아 물끄러미 나를 보는 칸토.

너는 알까? 6.7킬로그램의 작고 보드라운 몸과 촉촉한 코, 반짝이는 눈으로 나에게 얼마나 많은 것을 가르쳐주는지.

달의 뒷면을 알고 싶지 않을 때도 있어

세상은 온통 컴컴했다. 겨우 저녁 6시 조금 넘었는데도 그랬다. 외할아버지가 아프다는 연락을 받고 어머니와 아버지는 급히 서울로 가셨고, 나는 동생들과 먹을 라면을 사러 홀로 나선 참이었다. 아파트 현관에서 슈퍼마켓까지는 3백 미터도 되지 않았을 테지만, 어두운 사위 탓인지 멀고 길게만 느껴졌다. 그리고 그때 올려다본 하늘이란. 별조차 없는 검고 무한한 공간 한가운데 새빨갛고 거대한 달이 둥실 떠 있었다. 달은 나를 뒤쫓아 천천히 다가오는 듯싶었고 잠시 아파트 건물 뒤에 숨었다가 다시 나타나 광대처럼 음산한 미소를 보냈다. 나는 걸음을 빨리하여 슈퍼마켓으로 뛰어들어갔다. 낯익은 매대와 진열대, 흐릿한 전구를 보니 그제야 마음이 놓였다. 까만소 라면(이라는 게 당시엔 있었다. 내가 초등학교 6학년 즈음이었으니까) 세 개를 사서 집으로 돌아오는 길, 붉고 커다란 달은 또다시 나를 따라왔다. 문득 아파트가 반으로 갈라지는 게 아닐까, 두려움이 엄습했다. '하여간 이게 다 에드거 앨런 포 때문이라니까.' 난 속으로 중얼대며 뛰다시피 걸었다. 달리면, 그러니까 내 안의 공포를 인정하면, 걷잡을 수 없으리란 생각이 들었던 탓이다. 계단을 뛰어 올라가 벨을 누르자, 동생이 문을 열었다. 물이 벌써 끓고 있다고 했다.

세상에서 가장 무서운 소설의 엔딩은 뭘까. 난 단연코 「어셔가의 몰락」 마지막 장면이라고 주장한다. 거기선 이미 죽은 줄 알았던 여동생이 관에서 다시 나온다. 오빠인 어셔는 그 모든 몰락을 예견이라도 하듯 체념하고, 친구의 저택을 방문했던 '나'만 살아서 그 집을 빠져나온다. 오래된 저택은 늪가에 자리했는데, 겨우 탈출하여 달려가던 '나'가 뒤를 돌아봤을 때 그 커다란 석조건물은 서서히 무너지며 늪으로 가라앉고 있었다. 그리고 바로 그 유명한 장면. 다시 찾아보지 않아도 생생히 기억나는 문장. 건물이 반으로 갈라지며, 그 틈새로 거대한 붉은 달이 비쳐드는 광경. 에드거 앨런 포가 어찌나 천재인지, 그 모든 것이 마치 영화를 보듯 선명하게 눈앞에 떠올랐다. 6학년 때 학급문고에서 빌려온 『에드거 앨런 포 선집』을 다 읽은 밤, 나는 잠을 이루지 못했다. 복수심에 불타는 광대, 벽 속에서 피투성이가 된 채 울고 있던 검은 고양이, 굴뚝에 처박혀 있던 시체. 그 많은 무시무시한 것들 속에서도 가장 두려웠던 건, 바로 천천히 무너지던 저택과 그 갈라진 틈으로 빛나던 붉은 달이었다. 책장을 열면 망령들이 줄지어 걸어 나올 것만 같아, 난 어린 마음에 책을 문밖으로 던져두었다. 그러고는 방문을 꼭 닫고 이불을 최대한 머리끝까지 덮어쓴 채 겨우 잠을 청했다.

하지만 달이 항상 크고 붉은 것은 아니다. 아마도 그날—내가 까만소 라면을 사 오던 날—은 월식이 있었던 거겠지. 나중에 커서, 난 지구가 태양 빛을 가릴 때 달이 붉게 변한다는 것을 알았다. 월식은 보름달이 뜰 때 일어나고, 지구는 태양을 완전히 가리지 않아서 대기를 통과한 빛이 산란하며 달을 붉게 물들인다고 하니까.

보통의 달은 반짝이고 둥글고 은빛이다. 어린이용 망원경만 있어도 대충 표면을 볼 수 있을 정도로 가깝고, 맨눈으로 보면 정말로 나무 한 그루와 토끼 한 마리가 보일 만큼 친근한 것, 그게 달이다. 「어셔가의 몰락」을 읽기 전까지 내가 가장 좋아했던 건, 지금은 작가의 이름도 잊고만 『달로 간 토끼들』이었다. 금성출판사판 창작동화 전집에 실려 있던 그 재미난 동화에선 지구의 토끼들이 모두 모여 회의를 한다. 아폴로 11호가 달에 갔다 온 뒤 '달엔 토끼가 살지 않는다. 토끼는커녕 그 어떤 생명체도 없다'라고 공식 선언한 게 그들이 모인 이유였다. 달에 토끼도 계수나무도 없다는 소식을 들은 세계의 어린이들이 실망감에 식음을 전폐하고 있다는 뉴스가 나오고, 토끼들은 아이들에게 꿈과 희망을 되돌려주기 위해 달로 돌아가길 선택한다. 동화책은 당시로선 보기 드문 올컬러의 화려한 그림으로 뒤덮여 있었는데, 쫙 펼친 양면 두 페이지를 꽉 채운 달로 돌아가는 토끼들의 행렬이 신비롭고 아름다웠다. 군청색 밤하늘, 간간이 빛나는 별들, 검은 능선과 불빛이 새어 나오는 마을의 집들. 그 위로 은빛 휘황한 둥근 달이 떠 있고 토끼들이 줄을 지어 달로 향하고 있었다(이제 와 생각하면 그들은 대체 어떻게 성층권을 뚫고 진공의 검은 우주를 가로질러 달까지 갔던 걸까? 어렸던 나는 아무런 의심도 없이 그게 가능하다고 믿었고, 한동안은 달을 올려다보며 알 수 없는 안도감에 고개를 끄덕이기까지 했다).

연금술에선 태양계의 일곱 행성이 각각 특정한 원소에 상응한다. 그리고 누구나 알겠지만, 달은 '은'이다. 달이 가장 커지는 밤이면 늑대인간이 울부짖고 흡혈귀가 사방을 돌아다닌다. 그때 은으로 된 탄환이나 은으로 만든 십자가가 그들, 끔찍한 괴물들을 물리치게 해준다. 중국의 신화에선 영웅인 '예'의 아내 '창어'가 불로불사의 약을 훔쳐먹고 달로 가서 영생을 누린다. 중국의 달 탐사 프로젝트명이 '창어'인 건 그런 전설 덕분이다. 계수나무 아래 산다는 옥토끼가 절구에서 찧고 있는 것은 신선들의 불사약인 '선단'이라고 한다. 인간이 불사의 영약을 가져가지 못하도록 신선들은 머나먼 달로 토끼를 보내 약을 만들게 했다.

하지만 달에 관한 가장 멋진 묘사는 보르헤스의 시에 있다. 그는 「달」이라는 시에서 이렇게 읊었다. "모든 단어 중 달을 기억하고 형상화할 / 하나가 있음을 나는 아네. / 그것을 겸허히 사용하는 것이 비결이지. / 달'이라는 단어네." 달에 대한 최고의 찬사는 그저 "달"이라는 한마디면 족하다고 했던 보르헤스는 같은 시에서 이렇게도 말한다. "달 혹은 '달'이라는 단어는 / 여럿이고 하나인 기묘한 존재, 인간이 / 복잡한 글쓰기를 위해 창조한 어휘임을."*

어제 누리호가 하늘로 날아오르는 데 성공했다는 소식을 듣고, 이제 곧 우리도 달에 우주선을 보내게 되지 않을까 생각했다. 그러고 보면 지구에서 보는 달은 언제나 그 한쪽 면이라고 하지. 그런데 달의 뒷면, 그 부드러운 비밀의 영역을 알고 싶지 않을 때도 있다는 것을, 사람들은 알까? 하긴 이미 창어 4호가 달의 이면에 착륙했고, 거기엔 암석과 크레이터뿐, 그 밖의 별다른 건 없더라고 지구에 전해오긴 했지만.

---

* 호르헤 루이스 보르헤스, 『부에노스 아이레스의 열기』, 우석균 옮김, 민음사, 1999.

바다 꿈을 꾸는 이유

어릴 때 나는 고래가 육지로 나오지 않은 포유류라고 생각했다. 하지만 나중에서야 고래는 육지에서 바다로 되돌아간 포유류라는 것을 알게 되었다.

아주 오래전, 신생대 초기 팔레오세에 해당하는 어느 시기에, 하마와 닮았을 포유류 한 무리가 바다로 천천히 돌아가기 시작했다. 그들의 뒷다리는 점점 작아져 사라지고 앞다리는 지느러미처럼 변해버리더니, 그렇게 바닷속에서 영원히 살아가게 되었다. 육상의 생명체 중 고래와 분자생물학적으로 가장 가까운 동물은, 그래서 하마다.

옛사람들이 인어로 착각하곤 했다는 듀공이나 매너티 (해우라고도 한다) 역시 고래처럼 바다로 돌아간 포유류들인데, 그들은 코끼리와 가장 가까운 사이이다.

우리는 누구나, 우리 자신이 엄청나게 긴 진화의 산물임을 알고 있다. 하지만 우리와 가장 가까운 물고기가 누구인지(혹은 무엇인지) 아는 사람은 드물지 않을까.

우리는 상어보다는 송어나 다랑어에 더 가깝고, 송어나 다랑어보다는 폐어나 실러캔스와 더 가깝다. 아마 우리와 가장 먼 현생 어류는 칠성장어나 먹장어일 것이다. 장어는 턱이 없는 무악류에 속하는데, 이는 척추동물의 가장 원시적인 형태니까. 무악류 물고기들은 오래전 어느 시기에 지구의 바닷속을 가득 채웠지만, 언젠가부터 서서히 적어지더니 이제 남은 건 칠성장어나 먹장어 정도뿐이다. 상어는 연골어류다. 그에 반해 우리 인간을 비롯한 모든 포유류는 현생 경골어류에 더 가깝다. 경골어류 중에서도 우리가 아는 대부분의 물고기들은(좀 전에 말한 송어와 다랑어를 포함하여 모두 다) 가시지느러미 어류에 속한다. 그렇다면 우린 뭘까? 아니, 우리는 어디에서 갈라져 나왔을까? 우리는, 즉 우리와 같은 육상 척추동물은, 엽상지느러미 어류로부터 생겨났다. 엽상지느러미 어류 중에서 아직까지 바다에 남아 있는 건, 폐어와 실러캔스뿐이다. 그들에게 엽상지느러미 어류라는 이름이 붙은 건, 지느러미 모양이 보통 물고기들의 가시 형태가 아니라 육상 동물의 다리를 더 닮아서였다.

아주 먼 과거에, 실러캔스와 폐어의 조상이 된 엽상지느러미 어류들과 나머지 육상 척추동물의 조상이 될 또다른 엽상지느러미 어류들이, 하나의 시조로부터 갈라져 나왔다. 그들 중 한쪽은 긴 시간이 흐르며 땅으로 올라와 지상을 찬란하게 뒤덮었고, 나머지 한쪽은 바다 깊은 곳으로 숨어들어 살아 있는 화석이 되었다.

수족관 앞을 지나며 물고기를 볼 때, 나는 순간적으로 과거를 거슬러 올라간다. 기억하지 못하는 아주 먼 태곳적 이야기가 무의식 안에 숨어 있는 것처럼.

고래 사진을 볼 때, 혹은 고래가 검고 반짝이는 지느러미로 수면을 박차며 날아오르는 광경을 볼 때, 나는 시간여행을 한다. 먼 옛날, 그들이 바다로 되돌아간 사연을 기억하듯이. 중력 때문에 언제나 걷기 힘들었던 지상 대신, 고래들은 물의 힘으로 둥둥 떠다닐 수 있는 넓고 푸른 바다를 택했다. 자유로움을 느끼며 그들은 즐거이 노래했을 테고, 그래서 지금도 고래들은 심해의 어둠 속에서 노래하며 소통한다.

오늘처럼 비가 내리고 하늘이 무거운 회색으로 가라앉으면, 치악산 너머에서 불어오는 바람에선 바다 냄새가 난다. 다른 이들은 그게 숲 냄새, 나무 냄새라고 하지만, 나는 안다. 멀리 동해에서부터 불어온 바다 내음이 빗방울에 녹아들었다는 것을. 왜냐하면, 우리는 본래 바다에서 왔으니까 바다를 꿈꾸고 기억하는 것은 당연한 일이고, 비가 내려서 습도가 100퍼센트가 되어 마치 물속을 걷는 느낌이 든다면, 그건 고향인 바다를 헤엄치던 과거를 떠올리는 일일 테니까.

무한한 거북들의 세계

거북에 관한 유명한 일화 중에 다음과 같은 이야기가 있다. 어느 물리학자가(그게 누군지는 이야기 버전마다 다르다. 그러니 여기서는 그냥 리처드 파인만이라고 해두자. 혹은 아인슈타인이라고 할 수도 있다. 아니면 스티븐 호킹이라고 하든가. 누구든 상관없다는 얘기다) 일반인을 대상으로 한 과학강연을 하고 있었다. 그는 아주 열심히 우주의 역사와 구조에 관해 설명했다. 그때 맨 뒷자리에 앉아 있던 한 노부인이 손을 들더니 냉소적으로 웃으며 말했다.

"파인만 씨, 우리 지구를 떠받치고 있는 건 한 마리의 아주 커다란 거북이랍니다. 그걸 여태 모르셨어요?"

파인만 역시 차갑게 웃으며 되물었다.

"후후, 부인, 그렇다면 그 거북이는 대체 뭐가 받쳐주고 있는 걸까요?"

그러자 노부인의 대답은 이랬다.

"흐흐, 파인만 씨, 그 거북을 받치고 있는 건 당연히 또 다른 거북이예요. 그리고 그 거북은 또 다른 거북이 받치고 있고요. 거북은 그렇게 무한하게 서로를 받쳐주면서 결국은 지구를 떠받치고 있는 거라고요!"

사실 알고 보면, 지구상의 많은 신화 속에 거북이 등장한다. 주로 거북은 지구를(혹은 우주를) 떠받치고 있는 동물로 등장하는데, 그럴 수밖에 없는 게, 그 단단한 등갑과 네 개의 튼튼한 다리는 누가 봐도 안정적으로 보이기 때문이다. 조금 큰 거북이라면 잘 길들여서 타고 다니면 어떨까 싶을 만큼, 거북이 걷거나 서 있는 모습은 견고하다. 하지만 땅 위에선 그렇게 천천히 기어가는 거북이라도 물속에선 빠르기 그지없다. 그들은 시속 60킬로미터 이상의 속도로 헤엄치며, 그 모습은 우아하고 유연하다.

지구에서 가장 오래된 생물 중 하나로, 이미 2억 5천만 년 전부터 이 땅 위에서 살아왔으니, 그들이 우주를 떠받치고 있다고 상상하는 것도 무리는 아니었으리라.

그렇다고 우리 집 거북이 그렇게 듬직한 모습을 하고 있다는 얘긴 아니다. 오히려 녀석은 거북치고는 촐싹대는 편에 속한다. 녀석은 먹이가 든 노란 통을 알아보고는, 그 통을 들고 다가오는 모든 이에게 까불며 뛰어오른다. 거북이 까불대거나 뛰어오른다는 것이 믿어지지 않는 사람은, 페닌슐라 쿠터 한 마리를 데려다가 키워보면 알게 될 것이다. 그들이 얼마나 장난꾸러기이고 먹을 것을 좋아하고 동시에 겁이 많고 예민한가를 말이다. 그리고 수중발레라도 하듯 뒷발 하나로 물속에 서서 양 앞발을 활짝 편 모습이 얼마나 우아하면서도 우스꽝스러운지도.

물론 그런 거북도 자기만의 섬에 올라가 해를 쬘 때만큼은 의젓하기 그지없다. 목을 최대한 길게 빼고 뒷다리를 쭉 뻗은 채 가만히 어딘가를 응시하는 거북을 보노라면, 저 위에 조그만 우주 하나쯤 얹어놔도 끄떡없겠단 생각이 절로 드니까.

문득 거북 이야기를 하는 것은, 오늘만큼은 저 거북들이 세계를 떠받쳐주고 있다고 믿고 싶기 때문이다. 우주는 그저 텅 빈 공간이고, 위와 아래, 왼쪽과 오른쪽도 없는 검은 진공이며, 가장 가까운 별이라 해도 살아 있는 내내 달려도 닿지 못할 곳에 있다는 이상한 폐소공포증에서 벗어나고 싶어서? 아니면…… 지구가 허공에 떠 있음을 떠올리고 그러므로 나 역시 바닥도 없는 공간에 둥둥 떠 있는 거나 마찬가지란 생각을 하느니, 그냥 거대 거북 위에 또 거대 거북, 그 위에 또 다른 거대 거북, 그렇게 단단하게 차곡차곡 쌓인 거북의 탑 맨 꼭대기에 지구가 있고, 그 한 치의 흔들림도 없는 땅 위에 내가 서 있다고 믿는 게 더 나으니까? 빅뱅으로부터 시작된 우주는 지금도 점점 커지고 팽창하며 별과 별은 서로 멀어지고 온도는 계속 내려가서 언젠가는 차갑게 식어버린다는데. 그리하여 그때가 오면 지구에서 너무나 멀어진 별들은 아예 우리 눈에 보이지도 않게 된다는데. 그 먼 미래의 사람들은—만약 그때까지도 여기에 사람이 살고 있다면—아무것도 없는 검은 하늘 아래에서 오래전 지구인들이 남긴 별자리 지도를 보며 의아히 여기겠지.

그럴 때 그들 앞에 누군가가—될 수 있으면 파인만 씨에게 우주의 비밀을 가르쳐줬던 노부인이— 짠, 하고 나타나 이렇게 말해준다면.

"걱정하지 말라니까. 우리 발밑엔 거북이 있고, 그 아래엔 또 다른 거북이, 그리고 또 그 밑엔 다른 거북이, 그런 식으로 무한히 계속된다고. 우리가 딛고 선 땅은 단단하고—왜냐하면 거북의 등갑 위에 세워졌으니까—견고하고 흔들림 없으며, 세계는 사라지거나 멸망하지 않고 사람들은 누구나 서로 사랑하고 전쟁 같은 건 일어나지 않는 상태로, 그렇게 언제까지나 영원히 행복할 거야."

어디까지 이어지는 걸까,
우리의 이야기는

외계인들이 지구를 건설하고 그 위에 사는 인간까지 만들었다고 믿는 사람들이 있다(물론, 지구만이 아니라 이 세계, 더 나아가서는 우주 전체가 어떤 초고도 문명의 외계 종족이 만들어낸 시뮬레이션에 불과하다고 주장하는 이론이 있기도 하다. 이 기괴한 우주론의 가장 큰 문제는, 그걸 반박할 수단이 전혀 없다는 것이기도 하지만. 덧붙이자면 나는 이 세계가 시뮬레이션이거나 홀로그램—우주 표면에 새겨진 정보로부터 내부로 투영된—일지라도 아무 상관하지 않는다. 어쨌거나 우린 존재하고—혹은 존재한다고 상상하고—꿈꾸고—또는 꿈꾼다고 믿고—사랑하며—사랑길 원하며—살아가니까—살아가고 있길 바라니까).

예전에 서울의 어느 약국에서 일할 때 거기에도 그런 사람이 있었다. 그는 나이가 지긋했고 한때는 공학을 전공한 엔지니어였지만 무슨 이유에선지 그즈음엔 약국에서 청소와 창고 정리 등의 일을 하고 있었다. 매일 오전

새로 들어온 약을 정리하고 와서 그는 잠깐 쉬며 텔레비전 보길 즐겼다. 그러고는 뉴스에서 흉흉한 소식이 들릴 때마다 탄식하며 이렇게 말하는 것이었다.

"정말 안타깝네요. 외계인이 우릴 창조한 깊은 뜻을 저들이 알았더라면 저렇게까지 끔찍한 짓을 저지르진 않았을 텐데요."

그의 말에 따르면, 고대에 이곳에 온 외계인들은 무척이나 숭고한 뜻을 가진 이들이었다. 그들은 우주 전체에 사랑과 포용, 이해심과 공감, 평화와 공존, 과학기술과 문명을 전파하기 위해 새로운 행성을 만들고 발달한 유전공학으로 생명을 탄생시켰다. 그러나 지구는 그들의 뜻대로 굴러가지 않았고, 멀리서 지켜보던 외계인들은 점점 실망하게 되었다.

"이제 때가 됐다고 그들은 생각하고 있어요."

어두운 목소리로 엄숙하고 진지하게 선언하는 그에게 난 물었다.

"어떤 때가 왔다는 말인가요?"

그러자 그는 청소와 창고 정리로 더러워진 목장갑을 내려놓으며 말했다.

"자기들이 만든 이 세계를 정리하고, 다른 새로운 지구와 인류를 탄생시킬 때 말입니다. 얼마 안 남았어요. 약사님도 두고 보면 알게 될 겁니다."

당연한 일이지만, 난 그 말을 믿진 않았다. 외계인이

우릴 만들었다고 생각하지도 않았다. 그냥 수십억 년 전 어느 날 따뜻한 물웅덩이를 떠다니던 유기물이 이리저리 모이고 흩어지길 반복하다가 최초의 세포 비슷한 게 생겨났다고 믿는 편이 나았으니까. 하지만 그 후로도 오랫동안, 뉴스를 볼 때마다 자꾸 회색이거나 녹색인 민둥한 피부의 낯선 존재가 눈앞에 어른대는 걸 멈출 순 없었다.

말이 나온 김에 하는 얘기지만, 나야말로 외계인을 본 적이 있었다. 정확히는 외계인이 아니라 UFO를 봤다고 해야겠지만 말이다. 때는 중학교 2학년이던 초가을 밤. 아파트 정문 옆 슈퍼에 심부름 가던 길이었다. 담장 너머로는 나지막한 구릉과 숲이 펼쳐져 있었는데, 그 깊은 어둠 멀리 수상한 빛이 깜빡이는 게 보였다. 처음엔 누군가가 수풀 속에 오토바이를 세워둔 줄 알았다. 하지만 잠시 지켜보니 그게 아니었다. 빛은, 원형으로 배열된 전구가 순서대로 켜졌다, 꺼지듯 묘하게 반짝이고 있었다. 좀 더 바라본 끝에 마침내 그 정체를 알아냈다(고 믿었다). 그건 비행접시였다. 순서대로 켜졌다가 꺼지는 불빛은 사실 정박한 비행접시가 천천히 회전하며 보내는 신호였고. 주위를 둘러봤지만, 길엔 아무도 없었고 그 놀라운 광경을 목격하며 서 있는 이는 나 혼자뿐이었다.

우주선은 아주 작았다. 어두웠지만 눈대중으로 보기에도 내 무릎에 닿을까 말까 한 높이에서 회전하고 있었으니까. 그것은 지구 전체를 뒤덮을 듯 거대한 그림자를 드리우며 다가오는 영화 속 우주선들과는 달랐고, E.T가 타고 온 비행접시와도 어디 하나 닮은 구석이 없었다.

그날 밤, 멀리서 회전하는 불빛을 보며 나는 '작은 외계인'을 생각했다. 그들이 왜 지구에 왔는지, 넓고 넓은 대륙과 수많은 섬을 두고 왜 하필이면 춘천을 착륙 지점으로 택했는지도 생각해봤지만, 딱히 떠오르는 답은 없었다. 아파트 밖으로 나가서 깜깜한 수풀 사이로 난 길을 따라 가까이 가보고 싶었지만, 결국 발을 내딛지 못했다. 그래, 돌아오는 길에 만약 그때까지도 저기 불빛이 있다면 그땐 한번 가보는 거야. 속으로 중얼거리고는 가던 길을 마저 갔을 뿐이다.

짐작이 가능한 결말이지만, 돌아올 땐 UFO가 없었다. 그새 날아가 버렸는지 담장 너머엔 회전하는 불빛 같은 건 보이지 않았고, 어둠 속에서 벌레 우는 소리만 간간이 들려오고 있었다.

하긴, 어쩌면 그날 비행접시는 지상을 이륙한 게 아니었을지도. 외계인들은 지구를 탐험하는 대장정을 떠나기 위해 우주선의 불을 모두 끄고 숲속에 숨겨뒀던 걸지도 모른다. 녹색이거나 회색, 비늘로 덮였거나 문어처럼 매끄러운, 아니면 단지 인간과 비슷하게 생긴 조그마한 존재들이 줄지어 언덕을 넘어가는 광경이 떠올랐다. 손에는 노트와 연필을 든 채. 왜냐하면, 지구에 관한 모든 걸

기록한 뒤 다시 자기네 별로 돌아가야 할 테니까. 그렇게 상상하자, 이번엔 풀과 나무의 검은 실루엣들이 어둠 속에서 일렁이며 움직이는 듯도 보였다. 그 아래론 조심조심 낯선 행성의 표면을 걸어가는 외계인들의 긴 행렬.

그런데 그날 봤던 그 작은 외계인들도 지구와 인간을 만들어낼 기술을 갖고 있었던 걸까? 마치 우리가 자신보다 거대한 종족인 고질라나 킹콩, 진격의 거인이나 크툴루를 상상하듯 그들 또한 자기들보다 훨씬 큰 생명체인 인류를 떠올렸던 걸까.

고질라와 킹콩, 진격의 거인과 크툴루가 우리 머릿속에 존재하며 살아가는 피조물이라면, 우리는 오래전 그때 춘천의 작은 외계인들이 지어낸 이야기 속 광활한 우주를 떠도는 꿈에 불과한 건가.

만약 그렇다면, 그들이 이야기 지어내길 멈추는 순간 우리의 운명도 어떤 두꺼운 책의 결말처럼 종결되고 마는 거겠지. 혹은, 바라건대 그들의 꿈과 상상은 무한하여 우주와 그 너머 다른 우주, 또 다른 우주에 이르기까지 계속되고, 덕분에 우리의 이야기 역시 영원토록 끝없이 이어지고 또 이어지기를.

꿈의 머리맡에 은어를 내려놓으며

은어 건네주고, 그냥 가버리는 야밤의 대문

—요사 부손(1716-1783)[*]

은어 낚시를 하고 돌아오는 길에 보니 친구네 집 문이 열려 있다.

하지만 너무 깊은 밤.

괜히 문을 두드렸다간 그의 잠을 깨울 수도 있단 생각에, 사려 깊은 사람은 은어만 놓아두고 조용히 걸어 나온다.

내가 정말로 사랑하는 하이쿠다.

아끼고 아껴가며 읽고 또 읽고 싶은 그런 하이쿠.

• 전이정, 『순간 속에 영원을 담는다』, 창비, 2004.

밤이 깊다.

아직 잠들지 못한 모든 이들이 행복하길.

꿈속에서 나는 그들의 머리맡에 반짝이는 은어를 놓아둔다.

밤의 약국

지은이 김희선
펴낸이 김영정

초판 1쇄 펴낸날 2023년 3월 30일
초판 2쇄 펴낸날 2023년 5월 9일

펴낸곳 (주)현대문학
등록번호 제1-452호
주소 06532 서울시 서초구 신반포로 321(잠원동, 미래엔)
전화 02-2017-0280
팩스 02-516-5433
홈페이지 www.hdmh.co.kr

ISBN 979-11-6790-195-8 04810
ISBN 979-11-6790-194-1 (세트)

* 책값은 뒤표지에 있습니다.